王苏辛 著

马灵芝的前世今生

译林出版社

目录

鸟人

糖水街是一只鸟的形状。赵自鸣第一次知道这件事，是从姥爷饭后摊开的那本地图册上。姥爷先打开了驿城的地图，指着其中一片瘦弱的、站在地图右下角岌岌可危的红色说，这是仓平。接着他又打开了仓平县的那一页地图，上面还沾着很多茶渍，其中沾了最多的一块区域，姥爷用长满老茧的手挥过去说，这是糖水街。赵自鸣顺着手势看过去——糖水街，也就是一块缩小的仓平，如果没有那块茶渍，它的外形甚至和仓平是一模一样的。接着，赵自鸣看到那块沾着茶渍的糖水街从仓平地图上飞了出去，就在姥爷吐的那口烟里。

“看见了吗？”姥爷笑眯眯地问道。

“什么？”

“每天总有一阵子它是飞出去的。”

的确，半小时后，当赵自鸣再看那块区域，它已经再次平静地填在了地图上。与此同时，他听见了一声来自很远很远地方的鸟鸣。

“只有每天翻地图的人才能看到‘鸟’。”姥爷的声音闷沉沉的，“真不知道仓平现在还有几个人能发现这一点。”

“这种情况难道持续很久了吗？”

“按理说，每个仓平人生下来就该发现这一点。不过也有例外，比如，下雨的时候，‘鸟’不会飞出地图，可是鸟鸣还是会出现在夜晚，只是声音有点怪异。就像是……人在哭。”

“难道它不会在晚上飞出去吗？下雨的话也许会在晚上飞出去呀，按照仓平的气候，晚上一般是晴天。”

“也许吧。”姥爷显得有些倦怠，“……等你长到我这个岁数，就会对这样的问题失去兴趣了。”

“只要不翻地图不就不会看见吗？而且，我为什么一定要看见呢？”

“你会不断想看见的，只是在仓平想要获得一本地图，并不是一件容易的事。”

对于此事，赵自鸣是知道的。在他十岁左右的时候，仓平县就展开了限量发行地图册的活动。只是，这件事没能引起大的波澜，在导航功能如此强大的今天，很少有人愿意费尽心机去获得一本地图册。

这一天，也不是姥爷第一次在赵自鸣面前打开这本地图册，只是这一次，他看见了“鸟”。

“不专注的人当然是看不见的。”姥爷喝了一口茶继续说道，“在驿城地图上，仓平也是一只‘鸟’——我们是看不到的，因为我们在仓平，在‘鸟’的体内。所以我们只能看到糖水街这只‘鸟’。”

“难道照这样说，每个地区都是一只‘鸟’吗？”

“当然也会有别的动物，比如‘鸡’，甚至‘熊’。这主要取决于地图的具体形状了，甚至还有的地方可能是一团‘云’。”

“如果是这样，为什么一定要限制发行地图呢？毕竟只是叫声和一只鸟，不会改变什么。”

“看见的人多了，难保不会改变什么。”

可惜赵自鸣的生活在看见“鸟”之后什么也没有改变。尽管他读师范期间鬼使神差选修了地理为第二专业，并且在大学第一个假期鬼使神差去了仓平图书馆做管理员，得以一览那批蒙满灰尘的仓平县地图册。

但他没有再看见“鸟”。

某一个时间段，赵自鸣觉得自己被欺骗了。十七岁那个夏天在姥爷家喝茶只是一个浅浅的梦境，因为，连姥爷本人都在那年夏天结束之前热死了。

在仓平，老人热死并不稀奇。按照仓平往年的记录，每年夏天不热死五十个左右老人是不正常的。不过，仓平的空调销售量并没有因此提升。有些老人保留着很多年前节俭的生活习惯，空调多数都当成摆设，倒是一些生活不能自理、一切全凭子女照顾的老人避免了被热死的命运。这些不能自理的老人往往只有在黄昏时才被子女推出小房间乘凉，他们的口水像县城里的蛙声一样细密地爬满了下巴，时时要记得擦拭，不然就会结满白色的薄膜。赵自鸣经常看见这样的老人，他们大都住在糖水街。

作为全仓平老龄化最严重的一条街，赵自鸣是街上唯一的年轻人。自从三年前，亲人中最后一户住在这里的叔叔一家也搬离了糖水街，赵自鸣几乎成了孤家寡人。印象中，也只有给姥爷扫墓的时候，他短暂地离开过糖水街，其余的时间，他几乎都在糖水街中学和家之间徘徊。这是一条神奇的街，遍布着殡仪馆、学校、医院、超市、服装店，它并不宽阔，几乎是狭长地缠绕了整个县城，把它的心脏都完整画了下来。年长一些的人都说，一辈子不出糖水街都没关系，这里太齐全了。然而，赵自鸣还是用每年清明的那一整个白天，走到糖水街以外的地方。除了扫墓、看望父母，他会在黄昏到来的时候把地图册摊平放在面前，他总会选择光线略好的房间，或者和那个看见“鸟”的夏天类似的光线条件——说也奇怪，仓平的清明节总是格外晴朗，从不下雨。可惜，天时地利人和，赵自鸣依然没看见“鸟”。

他是不死心的。很多个晚上也会仔细倾听，类似鸟鸣的声音，甚至呜咽都会被他认为是“鸟”出没的征象。只是，连这样的声音也没有。直到有一天，仓平的洒水车第一次在午夜出现在马路上，并且，从糖水街东头一直开到了西头。这也不稀奇，因为糖水街正巧把仓平县城的中心区域完整地包围住了，它曲曲折折，像是一条肠道，总是弥漫着过分的晴朗和宁静。所以，除了上述的热死之外，这里的人们最多的死法也就是在宁静中闭眼了。

在洒水车气定神闲地走过糖水街时，赵自鸣正处在一场梦的前兆里。他耐心等待着鸟鸣的出现，无奈只等来了困意，可这也被洒水车的音乐搅乱了。他把头埋在枕头下面，试图逃避洒水车的干扰。此刻，就在这缝隙之中，在打开的窗户里，在不知是溅到了凉水还是吹了不知哪里来的冷风时，赵自鸣听到了那声鸟鸣。它像是来自地下，穿过一条由外向内的大路，把他的身体打通了。

一

一九九七年夏天是一个较为特殊的季节。从个人原因来说，赵自鸣小学毕业了，从时代背景来说，香港就要回归了。这两个原因对赵自鸣造成不了什么影响。仓平小升初考试的时间比一般小学放假早，他得以避开七月一日这个日期——比如身为广播站的一员他不用写个发言稿什么的。不过，这也增加了他的落寞。

这个暑假因为家里新盖了楼房，父母一下班就去当监工，无暇顾及他。为了避免视力下降，他们残忍地把有电视的那间卧室门锁住了。又因为住的家属院围绕着一帮优等生，他成为唯一没有上补习班的孩子。

这一年赵自鸣已经很高了。虽然这个身高在成年男人中绝对是矮子，但在十一岁的男孩里，绝对是个高个儿。

高个子赵自鸣不会打篮球，不会踢足球，甚至也不喜欢跑步和双杠。附近师范学校的操场里唯一能供他消遣的只剩下秋千。这个秋千的存在打发了他孤独的光阴，他能坐在秋千上玩一天。操场里有两个秋千，只有这一个能承受赵自鸣的骨架，这让他很早就要去排队。有时候他从早上等到黄昏，正要轮到他，恰巧来了个小女孩，他不得不悻悻而归。只是，秋千的存在依然是个希望。赵自鸣从小就有个特殊才能——自得其乐。从最小时候的棒棒糖棍儿，到稍小时候的泡泡糖，再到后来的小石子、沙堆子里类似贝壳的“马丽阁”，这些小玩意儿都能让他玩上一天，不会感到疲劳。这个夏天，在秋千的面前，赵自鸣同时学会了等待。

他等待的时候，时间像是静寂的，空间也是凝滞的。有很多人跟他说话，也有很多人走过来试图拉他玩丢沙包和帮忙撑跳皮筋，他依然跟没听见一样。赵自鸣这一点绝对不是装的，他是真的没听见。他等待得无比专心，如果不是没有流口水，他一准儿被当成傻子。等待的时间在赵自鸣这里总是过去得很快，他只需要多看一看仓平的天空，感觉太阳的动态，或者云的形状，再回过神的时候，似乎就已经是黄昏。

他不会错过任何风吹草动，比如赵父、赵母拉他回家；再比如，有人想先他一步占领别人刚坐过的秋千。这时候腿长成为他很大的优势，只需要伸长一条腿，一般的小孩子就会被他绊倒。有时候运气不好会碰见某些家长，他还是乐此不疲。在那个夏天，他的一天可以用"绊倒了多少小孩""坐了多久的秋千""看了多久的白云"来衡量。这三者有时候是重合发生的，有时候是分开发生的，有时候他站着看了一整天的天，有时候他运气好，坐了一天的秋千。无论是做什么，赵自鸣都是一个人，他享受一个人的时间，他厌恶有人破坏他一个人的时间，所以他不加入任何游戏。

在这个属于他的时间里，他感受着因为沉默造成的时间被拉长的错觉，这让他觉得玩耍得比一般人更久，没有出汗，不会疲惫，让他觉得始终都在放松。这才是玩嘛。只不过，黄昏到来时，当赵父、赵母的身影一前一后出现时，他会突然觉得孤独，他知道自己失去了一天。新的一天，又会是一个崭新的"人"了。

"时间是一个人"，是赵自鸣不自觉形成的一个概念。他喜欢对着空气说话，他知道那里没有人，却总觉得有人在回应他。有时候赵自鸣被那声音牵着走，有时候又是独自一人。

他真的开始寻找这么一个人，也就是从这个夏天开始。

那是他第一次发现糖水街的夏天夜晚比白天冷很多。他能感觉到的冷似乎比别人更为强烈。无论怎么在热水里浸泡，都觉得浑身发虚。那时候赵自鸣还只能到公共澡堂洗澡，只有天气热的时候他才会选择冷水浴。这一天出奇的冷，他只好一直往脚盆里添热水，却依然感觉不到暖意，热起来的脚似乎和小腿分离，他的上半身依然处在寒冷之中。他试图说话，发现自己的声音似也凝固在口腔中，他同样试图划动水盆里的水，双脚也像被定住了一般。

这时候他听到外面传来了声音，像是哭声。穿过门之后，显得有些平静了。他听着来自门外的声音，却一句话也说不出，热水造成的水汽似乎制造了一面隔离层，让他怎么也走不出去。

不过这样的夜晚只有一次。在这个夏天另外的白天和夜晚，赵自鸣再也没有过那种感觉。只有一件事改变了——自从那天起，糖水街的夜晚真的开始了漫长的寒冷期。到了早上八点，就恢复正常气温。大概也是从那时起，糖水街的人们开始陆续在屋顶安装太阳能热水器，每一个夜晚，从屋顶的浴室飘出来的水蒸气布满了整条街道。由于楼顶的空间有限，某些没有独家小楼的居民只好付比房价更高的价格，在公开出售的顶楼买到属于一间自己的浴室。这是一道奇异的风景，在白天与黑夜的交替中，糖水街开始了冰火两重天的时代。

这样的时候，赵父往往会趁着天黑前到家，在顶楼浴室开启漫长的泡澡期。这时候赵母一定还在学校里给高三的学生加课，当她的脚步声穿过楼梯走廊传到顶楼的时候，赵自鸣和父亲都会知道，她回来了。说起来奇怪，在浴室待着的时候，楼梯间的脚步声会变得十分清楚。同理，大街上几个小混混轧马路的声音也变得很清楚。浴室把人隔离起来，声音却仿佛因此自由了。在这样的时期，如果站在赵自鸣家的楼顶，会看到整条糖水街的浴室，它们排列得密密麻麻，把糖水街的顶层空间占据了一个“水泄不通”。

那时候他们已经搬到新楼房里，依然是在糖水街，不过是从东头挪到西头，离护城河又近了些。西头算是糖水街的中心地带，老人比东头更多，方言味比东头更浓。有时候，赵自鸣需要很大声才能和老人们交流，没办法，这里的小卖铺是老人开的，餐馆是老人开的，连棋牌室也是老人开的。他们看起来精神抖擞，眼神犀利，头脑清晰，唯一不足的，就是听力总是不太好。久而久之，赵自鸣觉得，父母的听力都变得没那么好了。

一九九七年的夏天，赵自鸣经常去“超生游击队”家的饭馆买鸡肉丸子。这是糖水街上的人们比较喜爱的小吃，这种鸡肉丸子只有糖水街做得出正宗味道。“超生游击队”是一个小伙伴的外号，他的母亲总是大着肚子，让人觉得，始终有个小弟弟或者小妹妹没有被生出来。这个想法很尴尬，一来“超生游击队”很回避母亲的情况，二来作为一个乖巧懂事的孩子，总是不能轻易去追问一个年轻母亲怎么怀孕那么多年还是生不出来孩子，可赵自鸣总是会不自觉去想。在这方面，他比较早熟，这或许应该感谢某些日本漫画。

在糖水街流传的说法里，这位母亲的孩子很可能刚一出生就被带到了乡下。当她再次出现在人们的视线中时，怀着的，又是一个新的小宝宝了。这给少年时代的赵自鸣很大的想象空间。他在一些莫名其妙的梦里总是梦见这个女人，她有些壮实的白嫩身躯下不断冒出一个又一个粉白粉白的小宝宝。他们连成一片，渐渐就把他梦里的草地铺满了。

随着赵自鸣身高的增长，尤其是这个夏天的增长，他过早担负起糖水街“大哥”的重担。所谓的“大哥”其实不做什么事，不过是有了一项特权。因为糖水街老人众多，老人最大的任务之一就是看孩子。算下来，除了赵自鸣是跟随父母长大的，大部分小伙伴的父母都远在外地打工。每年过年或者每个寒冷的夏天夜晚，总有一些父母带一些好吃好玩的来看孩子。他们多数停留时间并不长。他们走后，赵自鸣的特权就是能第一个分到这些宝贝。九十年代并不算一个物质匮乏的年代，不过在仓平，拥有大型玩具和美味零食的人也并不很多。他们有些密布县委一条街，有些密布糖水街，或者，有人称之为留守一条街，再后来，当它邻近的那条路成为红粉一条街之后，这三条街就成为整个仓平物质最丰富的三条街。来来往往的政府人员和变了外地腔的务工返乡人员，还有一些花枝招展甚至在广州培训过按摩技巧的小姐们，成为引领整个仓平潮流的人。只是这潮流和潮流之间，在赵母的心中，还是有一杆秤。用她的话说，赵自鸣你不能跟这些不三不四的孩子玩在一起。她说的那些孩子来自红粉一条街，他们在这个夏天末尾来到糖水街，和住在各个按摩城洗脚城的母亲分隔在两个世界，安静的糖水街夜晚只要没有少数几个小混混，多数时候都安静如死水。它像是仓平的屏障，把它围成一颗寂静的心脏，又把自己围绕得死死的，唯一不同的是，这里的人大都不想出去。除了赵自鸣。

小升初放榜之后，赵自鸣如愿接到糖水街中学的录取通知。这意味着之后的三年，他依然会在糖水街。作为一所县重点，糖水街中学尽其所能让糖水街不再只是“养老院”聚集区。校领导甚至请市里的作曲家给学校专门写了上学歌和放学歌，每天早上六点和晚上九点半，这两首歌会分别响起，打破糖水街的宁静。可惜，老人们的沉默似乎无声胜有声，足以把这样的“音乐”和孩子们清脆的声音盖在自己的牌桌上。

那年夏天结束前，赵自鸣去糖水街中学进行了体检。自从很多年前有学生患过一种怪病，这就成了糖水街中学的惯例。那正是赵自鸣听到奇怪声音的第二天。他带着通红的身体从浴室钻出来，钻进衣服里，走到糖水街上，直到看见赵母学校的校长又开着一辆小卡车运送西瓜到各个老师家。西瓜绿莹莹的，不知怎么就特别像他梦里的绿草地。它们圆圆的形状又让他想到那些白白胖胖的小宝宝，他们从大肚女人的屁股下一只一只钻出来，是一块块晨曦中新鲜的肉体，看起来活蹦乱跳，却总需要沉默一下才愿意发出那声嘹亮的啼哭。他心中一悚，只好走入人群之中。

糖水街中学有一个从民国遗留下来的古老校门，上面还倒着用繁体字写下校名、校训，旁边常年挂着一块小黑板，写着每天迟到学生的班级和姓名。赵自鸣的视线不自觉在小黑板上徘徊，他从中看到了一两个分给他玩具的留守少年，直到那个让他觉得特别的名字出现。

李挪。

说这名字特别，是因为它是由一种笔画粗大、幼稚的学生字体写上去的。一般情况下，遇到很懒惰的检查老师，又恰好碰到迟到人数较多，他们会让学生自己写名字。由于大家体态都差不多，何况往往要穿校服，那么多学生，老师也很难找出谁是谁。因此，有的学生就随便编一个名字写上去。赵自鸣扫过去，都能看到好几个“王二”和“张三”。真是没创意的名字。还有甚者，会写上“仇人”的名字。这些“仇人”，有的是班主任，有的是教导主任，有的是班干部。写得频率最高的，当然是教导主任，写得最多的老师名字，无疑是最“狠”的班主任。人们都说，从糖水街中学的小黑板上可以清楚看到该校的教导主任和最厉害的班主任叫什么。

总之，这个李挪也不知道是不是杜撰出来的名字。唯一可以肯定的是，大部分杜撰的名字写得又小又靠边，只有这两个字占据黑板正中间的位置，有恐天下人不知的气派。

随着人流继续往里走，赵自鸣能看见糖水街中学最引以为傲的厕所。它通体雪白，两侧还各有一个罗马长廊，墙壁外有镂空的花纹，看起来像一个扩大版的苏州园林的某部分。糖水街中学的厕所算是糖水街上标志性建筑之一，至于之二，自然就是赵自鸣家门前的电线杆，它总是每天十二点之后停电一阵，总有维修工人的脚步声穿过门外的空气和屋子的窗户抵达赵自鸣的耳朵。

因为厕所的镂空花纹，某些个子高的高年级男生，会悄悄从外面偷窥女生换卫生巾。赵自鸣的身高已经比最高的初三男生还要高了，他不需要踮脚就能看见里面的女生，只是他没有这么做。

体检教室很大，有些像报告厅。赵自鸣进行完最讨厌的视力测试，内心放松了许多。他躺下来，等待听诊器放在身体上。

他没等待太久，就听到有人惊呼。

由于一阵耳鸣，这声音似乎先进入他的视线，然后才是耳朵。有那么一瞬，赵自鸣觉得世界再次寂静起来。他在焦虑中再次寻找外界的声音。他看到自己在躺着的小床上留下了一条细细的红色的河流。它从他的身下，一直流向体检教室的尽头，流向附近的女生体检教室。在医生的愕然中，赵自鸣慌乱地爬起来，从教室跑了出去，一直走到那个有着罗马长廊的厕所。这时候他才发现，男生厕所靠门的蹲位可以清楚看见女生厕所靠门的蹲位。他就这样看见，一个高个子女生悄悄换了一条卫生巾。那片染满鲜血的东西被丢入纸篓的瞬间，赵自鸣下意识从身后摸出了红中带点轻微黄色的血迹。他恐惧地把手放在水龙头下，可无论怎么洗，似乎双手还是不干净的，还是沾满腥味。他无比讨厌这个时刻。除了一遍遍清洗，他找不出另外的解决途径。他觉得双手变成一团一团细胞，水流把一些细胞洗掉，另一些细胞又重新长出来。他觉得自己通身透明，只有身后那一块是有颜色的，是鲜红的。鲜红的部分背后，将蹦出一个又一个小孩子。他们跳出来，从他的身后跳出来，从他出汗的双脚和冰冷的小腿间跳出来，软软的，白白的，衬托着他下体流出的越来越红的血迹，衬托着脚下那一方变了颜色的“草地”。赵自鸣的视线在水流中继续摸索，直到另一双手也放在水龙头下。

是高个儿女生，她的脸有些苍白，头发有些枯黄，黑眼圈严重，她关切又迷惑地看了看赵自鸣，递给他一条白色的卫生巾。

这的确是一个漫长的夏天。

二

在赵自鸣的卧室里，一直都挂着一张世界地图。那地图很老了，据说赵父考中专的时候就挂过它，更早之前，这地图还出现在爷爷的办公室。可能过去的东西质量比较好，尽管是一张普通的纸，除了泛点黄边之外，字迹依然十分清楚。赵自鸣就把那样的地图挂在屋里，觉得把全世界背在了身上。只要是在家的日子，他的乐趣就是在地图上画出各个区域的形状。有的区域是白鹤，有的区域是山，有的区域是莲花，有的区域是猫头鹰，有的区域是骆驼，有的区域看起来甚至像苍蝇。无论是地图上的哪一方土地，都能和自然界的动植物对上号。赵自鸣因此熟知了不少奇异动植物的名字。不过，没有哪个区域可以和机器时代的人类科技产品的形状匹配，也无法让人联想到建筑物。比如，无论是当时还是现在，都很难有一个地方像鸟巢、像手机、像悉尼歌剧院。这些不同的国家和地区屹立在不同的大洲，彼此裹挟，彼此紧挨，无论是高原、森林、城市，还是湖泊、湿地和峡谷，陆地在其中穿梭，除了有具体形状的海洋，没有什么能把它们真正分开。赵自鸣不止一次怀疑他从地图看到的世界是不是真实世界的形状，只是无论如何怀疑，这也是他能在仓平买到的唯一一张世界地图了。它没有被禁止流通还因为，这上面找不到仓平。他把整个世界地图画成了一个动物世界，因为画了太多次，地图上布满了密密麻麻的线条，即使勉强找到仓平，估计也没有位置可以画下它了。赵自鸣觉得，正是因为这样，他才看不到鸟的。

除了洒水车的音乐第一次飘扬在糖水街的那个夜晚。

仓平的洒水车一共三辆，一般情况下，不会光顾糖水街这样的小街，尽管它在仓平历史上可称得上古老——街道最长，居民也多，商铺可称得上林立。只是，经不住别的街道一再扩建，它却因为地处城市心脏，"繁华景象"反而远远落后于中心大街，又因为年轻人少，适时造起一座座布满花花草草的养老院，导致这里的养老文明挤走了不少棋牌室。在二〇〇三年夏初的那场瘟疫后，便是连唯一保留的棋牌室也关门大吉，变成了狗肉火锅店。

洒水车出现在糖水街是一件比较奇异的事，有人说，这其中一半的原因来自赵自鸣。准确一些说，是赵自鸣引发的糖水街的一场瘟疫。

瘟疫据说在仓平已经绝迹很多年了。仓平老一辈的人一般情况下也不会去说起这件古老往事。唯一可以知道的是，之前那场瘟疫同样来自一个得了怪病的学生。赵自鸣在初一入学体检中所犯的病症，和当时那孩子如出一辙。赵自鸣很想离开这里，父母则认为，只有仓平在这方面的医疗是最好的。

赵自鸣需要去的医院距离最近的养老院很近，是一家位于糖水街边沿的医院，它看起来不如第一人民医院大气，却专治赵自鸣这种“疑难杂症”。自从下体定期流血之后，赵自鸣不会再梦见大肚子女人了。早上醒来的时候，他的床单上再没出现过乳白色的淡淡液体。胡子却开始汹涌生长起来，伴随着依然没有停止增长的身高，显得孔武有力。由于高个儿女生的帮助，赵自鸣在学校的时候可以赶在女生厕所没有人的时候进去更换卫生巾，再面无表情地换到男生厕所。唯一尴尬的是，女生厕所比男生厕所矮了一些，赵自鸣每次都觉得自己能顶到天花板。高个儿女生却说：“这是你的错觉。”

她这样说的时候，表情是毋庸置疑的。她是唯一因为留级不得不和赵自鸣一直在一个班的学生。她很努力，可惜每次考试总分都只有222分。这分数无比尴尬，意味着连仓平下属镇上的高中都很难收留她。高个儿女生就是李挪。

李挪蝉联糖水街中学校花时间最久。校花成绩太差，某些骄傲的优等生不屑去追，赵自鸣这种成绩不上不下又因为治病不断奔走、无奈留级多年的学生，算起来是最有机会的。无奈，他似乎也只能和她做哥们儿。

李挪的肩膀看起来像一个瘦弱的衣撑，和她的身材倒是很搭调。她因为身高和成绩的缘故只能和赵自鸣坐在最后一排，那一排也只有他们二人，不过赵自鸣听力惊人，一百二十人的教室他依然能透过吵嚷的最后三排听到老师在讲些什么。多数时候，只要赵自鸣能给李挪重复，她的考试成绩往往可以超过222。只是，这种情况并不多，赵自鸣在这个夏天刚刚开始就休学了。

休学发生在姥爷热死的第二天，坦白说，那应该是一个早该入秋的日期。只是在二〇〇三年的仓平，却成了夏末。县电视台二十四小时滚动播出因为顶楼浴室的盛行，全城上空结了一层厚厚的水汽保护膜的新闻。这里气温普遍比别的地方高出十度。夏季的延长带来糖水街人们洗澡时间的延长，水汽在增厚，赵自鸣感觉危机随时都有可能爆发。瘟疫，就发生在这场危机之中。

休学的原因是第三期手术后的复发。这不是赵自鸣第一次手术后复发，每一次手术后复发，他就觉得下体的血开始变黄，身高开始停止增长。不过，后者让他安心。在迅猛生长的日子，他经常在睡梦中感觉到骨骼发出脆生生的响动。他觉得体内有一只蚂蚱，伴随他的生长而生长，随时都可能像梦中的小宝宝一样钻出他的身体。

赵自鸣就在这个莫名其妙拉长一截的夏天开始了不断的复发之路。他唯一的乐趣变成在小灵通里接收情色信息。主题多数围绕“勾男猎女”展开。每个看完短信躁动不安的夜晚，赵自鸣会给李挪发短信，只是她从来不回。她多半在某个自习室做无用功。赵自鸣有时候觉得，像李挪这样活着挺好的，至少一直相信自己可以变好，并处在这样的努力过程中，虽然这往往是个幻觉。

过去的五年间，赵自鸣去了无数次医院，最远到过省城。赵自鸣具体得的什么病，一直是糖水街上的人比较回避的话题。那时候，“超生游击队”已经和他怎么也生不出孩子的大肚母亲离开了仓平，赵父、赵母成为糖水街上最年轻的成年人。当然，糖水街中学和糖水街小学的老师是没有计算在内的，这些人就像外来人口，一下班就急急忙忙奔往仓平县郊的家。

这个夏季，街上的人都戴上了口罩，即使是在顶楼浴室，透过弥漫的水汽和厚厚的玻璃，依然可以看见这些口罩。口罩似乎代替散佚的地图成为仓平新的符号，甚至一度代替赵自鸣成为初二（3）班的符号。这是赵自鸣休学的第五年。不过在每一年初二（3）班的人看来，赵自鸣并没有离开他们很远。对于每一个任课老师而言，赵自鸣一直就坐在下面，像一双不会闭上的眼睛，注视着糖水街中学的一举一动。

李挪记得，瘟疫就是在这样的一天中蔓延开的。

这是无聊的一天，朱谋又在讲李挪根本听不懂的化学，因为没有实验室，学生多数时候只能看着老师做实验。在李挪的视线中，那些升腾起的烟雾就如同糖水街上空的水蒸气一样，将弥漫她不知何时结束的初中时光，一直沉到整个仓平的地下。她这样想着，渐渐听到了一声深深的呼救。

这呼救声似乎离她很近，触手可及。声音一阵阵传来的时候似乎有缝隙——先听见的声音和后听见的声音之间有回响。她被这声音的间隔吸引。它试图包裹住什么。她这样一想,听觉便开始模糊起来。在这模糊和模糊之间,李挪感觉到它有种吸力,这吸力能把她带到很远很远的地方去。可惜她刚刚发现这一点,那声音就像溺水而亡的人一样,消失得无影无踪。

“你听到过一种奇怪的鸣叫吗?”

在李挪对情色信息的回复中,赵自鸣只看到了这一句。

这让他很失落,却也让他震惊了一下。

“你听到什么了?”

“有人让我救他。”

“谁?”

“我不知道,感觉就在桌子上,又感觉在地下。”

“地下的还能伸出手让你救他?”

“这说不定,有些东西,你不知道,就无法想象。”

他们那天一直聊到了凌晨三点,这让赵自鸣对情色信息兴趣全无。在最后一条信息里,李挪写道——

“赵自鸣,我觉得我变聪明了。”

第二天,她又发了一条:“赵自鸣,我觉得和你说话让我变聪明了。”赵自鸣没能及时回复他。姥爷在家中热死了。

据说姥爷死之前试图去开空调,不过他的手还没碰到空调,水蒸气的重量就把他压死了——这说法是后来赵自鸣讲给李挪听的。在普遍的认识里,大家觉得姥爷只是热死的而已。热死，无疑是因为天气，或许和水蒸气有关。不过水蒸气再沉重，也不会起到这样的效果。一切更像是赵自鸣杜撰。

杜撰在日后几年李挪口中经常出现。在呼救声事件第二天，也就是赵自鸣姥爷死的这一天，她依然在第三节化学课上听到了那个声音，只是这次，除了这束声音，她发现自己突然听不到别人的声音。她的视线中充满因疼痛而表情扭曲的同学，他们拍着桌子，俯身蹲下去。老师开始召集别班的老师，初二（3）班被挤得水泄不通，接着，初二（1）班也出现这种情况，再接着——耳鸣的李挪走到学校操场的时候，发现这里坐满了表情痛苦的同学。他们身后，是一条又一条犀利的血水。在一阵分发卫生巾的大潮中，李挪知道，糖水街中学史上第二场瘟疫，也是最大的一场，终于暴发了。

赵自鸣看不到。他同样看不到的，是姥爷死前死死攥着的那本地图册，他并不知道自己之后的好几年都会暗暗寻找它。他此刻只是在床上躺着，为自己的性别不明苦恼。如果不是再一次复发，他康复的日期或许可以提前不少。眼下，他只能等着再留级一年，除非他愿意利用这病床上的闲暇，好好学习一遍初三的课程，只是这不可能。赵自鸣这几年浪费的时间像是一个大空间中凝滞的一隅，不然他的脸为何看起来一点没有成熟的迹象。而且，它似乎越来越小，除了胡子不断变长，长到刮胡刀跟不上它生长的速度。赵自鸣感觉不到自己和同龄人一样的“成熟”样。除了归结为有病之外，他开始对李挪听见奇怪的声音产生深切的嫉妒。

短信里的李挪只是兴致盎然地描述卫生巾大潮。

“小卖铺缺货了，很多人在忙着补货。他们这样做的时候似乎忘记了肚子还很疼，血还在流。”

“难道不会召集所有的妈妈给他们拿卫生巾吗？”

“……是噢。”

接着，赵自鸣发现医院里看护老人、小孩、丈夫的妻子们都消失了。妈妈们从仓平的四面八方赶来，给自己的孩子送去卫生巾。只一会儿，整个糖水街中学的操场就飘满了这样的卫生巾塑料纸。它们看起来洁净、安全，能把整个操场围出一个坚实的堡垒，能堵住镂空厕所的每一个空心图案。

这确实是一场史无前例的瘟疫，这之后的三小时内，政府办公人员、国企职工、私人小商贩，乃至幼儿园师生，所有的男小孩和女小孩，所有的男中年和女中年，一时间都被这样的红色血液围绕，他们疼痛难忍，又热情洋溢，除了那些为孩子送卫生巾的主妇和李挪，还有病床上的赵自鸣，每个人都疼痛难忍。奇怪的是，他们看起来都很快乐，这让瘟疫变得一点也不悲伤。其中几个人还在这时向李挪打听赵自鸣的情况。晚上的时候，赵自鸣收到了他们的短信。

“你的病太刺激了。”

“什么？”

“你不觉得很刺激吗？这种感觉前所未有。”

这是赵自鸣过了很久才看懂的短信，仔细想一想，在恐惧和疼痛之后，他也曾有一瞬间觉得身体有种异样的快感。它像是峰峦能一直冲破他的衣服，能一直穿过镂空的厕所，能到达他想去的任何地方。只是他和这些人不同，他们只是跟随一场瘟疫的脚步走过一个不曾到达的巅峰。他却一直在这种巅峰中，所以他会消极。快乐过度和悲伤过度的结局往往是一样的，这种相似很讽刺。

瘟疫跟随了这个夏天最后的十几天。虽然瘟疫之前，口罩已经在仓平盛行，这里紧跟大众脚步，幸而没有一个外面那种传染病的案例。本地瘟疫的到来倒是促使人们继续戴口罩，而且，戴口罩的人越来越多。因为清洁工厌恶去打扫街道上飘扬的卫生巾塑料纸，导致那些天的仓平处在白色垃圾的包围之中，看起来像一座白色城堡——这当然是赵自鸣的梦话，在他的梦里，仓平经常是各种城堡，当他听到了白色，仓平就是白色的城堡，当他感觉到红色，仓平又变成一个红色的世界。红色的世界里有一直在洗手的他，他一直奔跑在梦中错乱的迷宫，他一直寻找着出口。他为始终沉浸在这种莫名其妙的快感中感到惶恐。他梦里的表情总是纠缠的、晦暗的，五官似乎打了一场群架，又不整齐地摆在了他的脸上。这梦里，李挪将一直面无表情地看着他。这个仓平县上的“石女”，在这之后的几年也未能理解其他人对于这次瘟疫“唇齿留香”

的快感，只觉得可怕。她和别人不一样，无论是痛也好，舒服也好，和别人不一样，都让她觉得不安。她感觉自己就是被丢弃的塑料纸，她会一直站在赵自鸣的身旁，她知道，他和她一样焦虑。只是，他们二人，一个是泛滥，一个是稀缺。

然而，那一天，李挪并没有表达这种心情，赵自鸣也没有。他继续看着千篇一律的情色短信，继续在被窝里展开一场又一场持久的自慰。他挥汗如雨，丝毫不担心复发之后的感染。他只觉得每一个细胞都在流汗，每一滴汗水都恰到好处浇灌在极乐的瞬间。赵自鸣记得，洒水车的音乐正在这一天最后一次极乐瞬间到来，它放着《世上只有妈妈好》，神清气爽地要驱逐一切躁动和炎热，驱逐这个夏天寒冷的夜晚。它凉飕飕的水波似乎洒到了赵自鸣的心里，虽然从他能看过去的窗户根本看不到洒水车，但他听到了音乐，这就是洒水车来过的最重要痕迹。

赵自鸣躺在床上，心里暗暗在世界地图的某一块画出了洒水车的轮廓。他不知道这地方在哪。他想着，就站起来在世界地图上描出了这样的轮廓。在意识逐渐清醒的黎明，他看到有一个带着翅膀的洒水车飞到了外面。他知道这不是鸟，这比之前和之后任何一次看见的鸟都像幻觉。他依然还是感到欣慰。他能看到洒水车长出的翅膀上充满行星的轮廓，他感到那上面充满了整个世界，甚至一直延伸到河外星系，这让他感到激动，同时疼痛也如期而至。他忘了这是复发之后那场手术的第二天，疼痛伴随的身体刺激让他感觉再次登临极乐。他想把自己长久地按在这个世界，就在这个愿望里。

窗外，在他没注意的地方，长了翅膀的洒水车和门外洒水车的声音合为一体，气定神闲地走上了糖水街的大路，很快就不知道开向哪里去了。

三

二〇〇三年之后的日子过得很快。瘟疫之后，糖水街中学每周末都会进行体检。赵自鸣一般是不参加体检的，除了病好之后的那一次。

他的身体像第一次躺在上面一样惶恐。虽然在医院，赵自鸣不止一次经历各种体检，他也听着不属于仓平的豫南或者豫北方言。有时候，还会听到正宗的普通话，就像李挪和姥爷说的那样。他喜欢这种声音，这一次在学校体检的时候，医生恰好是说着这样的普通话。

这是一个高胖的女医生，口音软软的，看起来很年轻，不过身体俨然很成熟了。赵自鸣尴尬地感觉着听诊器在身上游走，思维却有些空白。他被拉入一个非现实的空间，嘴唇只是机械地发出一些音节，直到女医生说，好了。

他像是听到了一声允诺，从床上一跃而起，几乎是飞奔着跑向外面的操场，跑过镂空的厕所。他的个子在二〇〇三年之后更高了，整个糖水街中学，只有操场能容纳他的高度——因为那里没有天花板。

那次体检也发生在一个夏天。赵自鸣人生中重要的事情都发生在夏天。顶楼浴室的水蒸气在那些年成为仓平的隐患，越来越多的人患上了红脸症。如果这也是一种瘟疫的话，那应该是仓平史上第三次瘟疫。不过，患者的大军中，没有李挪和赵自鸣。

他们是红脸症盛行的那个夏天仅有的两个白脸症患者。夏天的夜晚在他们看来依然是寒冷的。每个夜晚，赵自鸣都会不断上顶楼给赵父、赵母递新鲜的白毛巾，这些毛巾不断擦着他们从热水缸里伸出的头和脸，很快，毛巾也变成了红色。

李挪的爷爷对她说，护城河开始有了红尾巴的鲤鱼。仓平德高望重的一些医生说，那是造成瘟疫和红脸症的根源。他们这么说的时候，完全忘记了红鲤鱼的出现是二〇〇三年以后的事情了。

赵自鸣过得糊涂，似乎从二〇〇三年到二〇〇九年，除了洒水车事件，他就只记得一些零星的影子了。他不得不在记事本上写下一些重要的事情，防止自己彻底遗忘。他写了升学的日期，写了高中毕业的日期，写了进入大学的日期，写了即将毕业的日期——这还没有发生。虽然他已经二十三岁了。

赵自鸣没有考入外省的大学。他到了省城，距离仓平一百千米，心理上，仍没有真正离开这块土地。他的包里放着那张世界地图，他是希望放上姥爷的地图册的。只是，姥爷死后，地图册就一直没找到。二〇〇九年那个夏天开始，他就踏上了寻找地图册的征程。

由于赵自鸣少年时代的疾病，每次假期回家，踏上仓平不同的公共厕所时，他还是会看到异样的目光。这就是仓平，人与人之间的关系网密密麻麻，离开故乡很多年的人可以在这里轻易发现过去的爱人、朋友、同学，甚至卖肉夹馍的中年妇女。这些人或许变老变丑，总还能让人一眼认出。赵自鸣讨厌和父母一起上街，他们会不停地打招呼，他也不喜欢玩这时候已经盛行的社交网络，他害怕会被过去的同学找到。他倒不怕他们提及他当年的病症，提及那场“姨妈来了”的瘟疫，他只是对这些熟悉的人所带着的时间温度表示恐惧。虽然几年来，他和李挪保持着不咸不淡的联系，得知她已经中专毕业回到了仓平，成为医药公司一个销售员，工作的地点距离糖水街不远，只是，同样因为这种温度，李挪也让他想要远离。

二〇〇九年的夏天发生在赵自鸣生活中唯一一件大事是赵父和赵母协议离婚。据说，他爱上了一个叫马丽阁的女人。他净身出户，赵母在大哭大闹之后被迫接受这个事实，很快也离开了仓平，去了不远的驿城。赵自鸣得以占据一百三十平的房子，感到自由又孤独。唯一陪伴他的，是顶楼浴室的水蒸气。或许还有李挪的短信。李挪那时候也很高了，或者在整个仓平，除了赵自鸣，她就是最高的人。这让她很苦恼，她日日向赵自鸣诉说自己的相亲事宜，赵自鸣总在这时岔开话题。

总之，因为生活多出来的空间，以及拒绝参加同学会带来的闲暇，赵自鸣利用假期成为仓平县图书馆一名管理员，主要职责是整理社科、人文类图书专柜。这是一个很好的契机，所有和仓平有关的书籍都会在这里。也有的时候，他会在这里阅览一些仓平县志。仓平县志有很多本，分别是一个世纪以来不同的仓平人写下的。有些是政府官员分派给下面的人写的，有些是仓平人自发写的。其中有一本，居然是姥爷写的。

这是赵自鸣一次意外收获。并且，这本县志，是现存仓平县志中最古老的一本。这从封面印刷的款式以及纸张泛黄的程度可以略知一二。

打开县志的第一页，是姥爷手写的一页目录。这倒是县志当中少见的，这些县志虽然发行量很小，多数都是以赠送的形式送给亲友和图书馆以及一些本地事业单位。手写目录，倒是没有过的。

目录很长，足有一百一十一行。分别从历史背景、社会百态、城区建设、传奇故事、曲艺杂谈五个方面谈起，在最后，还附有几条特别说明。其中一行特别说明是——《护城河、红鲤鱼、重症患者》。

赵自鸣被勾起了兴趣，直接从这一页开始阅读起来。他打开之后发现——这本书的正文也是手写的。他仔细看着这本书，除了封面和封底，都是手写的，每页纸是靠胶水和缝线连接在一起，连接处十分粗糙，有些纸张甚至是展开的信封背面。在扉页上，也没有借阅的痕迹，甚至背后没有贴上仓平图书馆的标签。赵自鸣有些困惑，这本书是如何进入图书馆的呢？只是，好奇心不容许他继续思考这些细节。

护城河、红鲤鱼、重症患者

护城河并不是一开始就有红鲤鱼的。

随着最后一代捕鱼人的没落，他们的后代多数走上了陆地——他们本来就是在陆地上的，因为上一代人下水的虚压湖也是一个人造水库。这里的水源经过活水—死水—活水的循环，俨然和护城河连接在一起。而护城河，也和汝河连接在一起。整个仓平因此活络了起来。

随着柳絮开始在护城河蔓延，河面上就经常有一些渣滓漂起来。其中一类，是动物的尸体，也就是鲤鱼的尸体。这些鲤鱼的来历多半已经无从查起，这么说是因为仓平作为一个内陆县城，并没有吃鲤鱼的习惯。加上多年来，鲤鱼有剧毒的传言，一直在护城河沿岸流传。因此，一时间涌现的鲤鱼给很多人一个信号——这些鲤鱼来自汝河。

这么一来，鲤鱼就是外来的物种了。可惜，还没待进一步查清，护城河的水就和虚压湖连成一片了，就在这时，捕鱼人时时打捞出红色鲤鱼。

最开始的时候，这是捕鱼人之间的一个秘密。一般情况下，这些红鲤鱼也是不出售的，只由捕鱼人在家里食用。因此，仓平县上第一个重症患者，应该来自捕鱼人群体。

重症患者的病并不是难以治愈的，只是它难以启齿。在仓平县的历史中，阴阳人一直都存在。甚至，仓平县城人的祖先中，就有不少这样的人。

或许是因为祖先得过这种病，为了表示尊敬，仓平人从来不说出病症的名称，而是用"重症患者"来称呼这些人。他们的内心是没有歧视的，只有尊敬。每一个得了这种病的人，都会在周围得到超乎常人的尊敬，他们优先享有不少特权。这些特权也滋生了重症病患的延续，因此，仓平才是附近县城中，进入新时代还会暴发瘟疫的地方。

仓平位于九州之中。

来来往往朝拜落音寺的佛教徒让它显出一种神圣的意味。仓平对于治疗重症患者有一套自己的方法，只是这过程往往比较漫长，一般伴随重症患者整个少年时代。

不过，虽说尊敬，也难免有人心里犯嘀咕，那些得这种病的祖先是如何繁衍子孙的呢？经过考证，古代的仓平人，不乏“独生独养”的例子。所谓“独生独养”是指雌雄同体，也就是“自受精”，由于涉及详细的医学原理，在这本书的别册，会有较为详尽的描述，这里不再赘言。

说回重症患者——有一个问题，如果红鲤鱼是得病的根源，那祖先时代是不是就有红鲤鱼了呢？其实不然，根据《仓平志怪传说》，仓平的祖先有乘着红鲤鱼来到这里的传说，但从没有红鲤鱼被吃掉的记载。从前的那场饥荒中，被吃掉的，倒有仓平人。

这么说来，根据考证，这很有可能是人吃人造成的遗留问题，也就是说，红鲤鱼本身是不会让人染病的，但某些仓平人身体的异化进入了食用者的体内，因此异化被传播给更多的人，而那些红鲤鱼，也食用了当年那些仓平人的残渣。不过，最开始那批异化的人又是如何异化的呢？

我们都知道，祖先中有人是“自受精”繁衍产生的。这些人有的出生后和普通人毫无二致，性别也很明朗；有些人看起来性别也明朗，随着其成长，会渐渐展现出一些不同程度的异化：有的人听觉灵敏，可以和某些动物媲美；有人的眼睛，能一直看到身体的每一个细胞、每一根骨骼的构造；这些人有的成为窃贼，少数人则走上正途；也有的人，会渐渐展现出被隔离的体质。

所谓被隔离，也就是他们的人生中，有一部分的时间是不为人所知的，在这部分时间里，他们感觉世界是流动的，其实是静止的。他们沉浸在自己的思考中，感觉万物在蜕变，感觉自己很自由——实际上是进入了另一个世界。在普通人的观感中，他们一旦陷入对这类人的观察，自己的世界就仿佛陷入昏昏欲睡的状态，有的人则仿佛被这些人附体，展现出和他们一样的，或者类似的体质，成为这些人的盟友，其实也在间接被这些人拿走时间。因此，这些人会老得很快。这种衰老，在少年时代不会很明显，一旦过了二十五岁就十分明显，如果这些重症患者痊愈后不能及时和他们保持接触，他们的时间将一直处在被拿走的危险中。时间被拿走，苍老便是在所难免的了。

“自受精”产生的影响一直伴随着他们的子女。当年被食用的那批人当中，大部分都是这一类人，他们在人群中更容易辨识，也更容易被记住——虽然很多时候，他们什么都没有做。正是看起来童叟无欺，看起来无公害，让他们成为一些人虎视眈眈的目标。重症的传播基本可以用这样一个过程概括：“自受精子女”—被吃掉—残渣—鱼的饵料。

这个过程在饥荒年代表现比较明显，在物质较为充裕的时代，也并非从不发生，只是表现得隐晦罢了。重症患者痊愈后，他们拿走的时间却没有停止，那些被拿走时间的人，自然也会从他们身上得到维持生活的营养，比如和重症患者共饮一杯水，比如和重症患者呼吸同一口空气。他们会逐渐陷入这种痴迷和循环中，重症患者却很少察觉到——他们中虽然不乏听觉灵敏者，却只是对外界事物而言，在自己紧密联系的世界里，他们总是迟钝。也因此，重症患者显得较为愚钝，甚至像弱智儿……

赵自鸣本想继续阅读下去，却发现下面的字迹是蓝色墨水笔写的，因为年代久远，显得模糊不清。他读得有些烦躁，别的章节看也没看就直接合上了。他把这本书摆在显眼的位置，或许是希望有人能看到，希望这本书被借走。只是过了很多天，赵自鸣都没看见这本书被拿走，摆放这本书的位置却空了。

按捺不住好奇，赵自鸣询问了前台的管理员。她们瞪着一双双佩戴夸张美瞳的眼睛，假睫毛闪闪烁烁道：

“县志？借走？”

她们机械地重复着这些音节，彼此困惑地看看对方。

然后，一两秒后，她们再次双双重复道——

“借走？借走！”

这声音敲打在四周的墙壁上，犹如一听发亮的废弃易拉罐在来回撞击中发出迟钝的清响。

赵自鸣感觉自己的大脑是一个马蜂窝，里面充满各种声音，却没有一束是自己渴望听到的。他站在那里，仿佛眼前的人是各种字母、各种元素、各种细胞、各种动植物根茎和骨骼的排列组合，却都是散架的、不完整的，每个部位的连接处还在流血，流出汁液——这就是那天下班后，他看到的仓平县城的众人。

他觉得是时候把李挪叫出来，他觉得需要对她说点什么。他觉得恐惧，一方面是因为刚才看到的内容，另一方面，是他意识到自己也会被李挪吞噬，这多少有些令人惊悚。何况，因为自身身高的缘故，多年来，赵自鸣都恐惧个子高的人。他总觉得李挪这几年说不定已经生长得很奇怪了，不是头大身子小，就是头小身子大。总之，一定是营养不良的模样。

然而，李挪很漂亮。

李挪的身影拐过糖水街的路口，摇摇晃晃向赵自鸣走来。她个子太高，像是悬挂在井巷街上的一柄竖笛。她和赵自鸣身高差不多，这让他在仓平的夜晚也像是有了盟友。

“你就是赵自鸣吗？”李挪的声音粗粗的，她这么说的时候，赵自鸣才意识到她是个平胸。

这让他感到很遗憾，倒是李挪并不介意。

“不发育很多年了。我奶奶说，我有病。”她继续说着。

“你奶奶不是脑血栓吗？”

“脑血栓也是有意识的，只是说不出话来。”

“那你怎么能听见？”

“我能听见得很多呀，这点我们俩不是一样吗？”她粲然一笑。

这笑让赵自鸣觉得很害怕。他不知道该怎么说县志的事情，况且县志也找不到了，他就算有十张嘴也不能证明那些是看来的，而不是他赵自鸣杜撰的。

初二（3）班赵自鸣喜欢杜撰的说法，这几年终于传得没那么厉害了，却因为这件事，让赵自鸣对自己产生了怀疑。

“怎么办呢，赵自鸣？”李挪继续说，“我的病可能治不好了，我觉得，离开仓平，别人会不知道这一点，但我也是不能结婚的。这太明显了，我真是悲哀，学习差，也不像女人。”

她说话的时候让赵自鸣想起了赵母和赵父吵架的时候那张怨妇脸。他不禁有些厌烦，但也没说什么，下意识里他知道，这不就是他造成的吗。

“你很漂亮啊。”他急忙说，“难道这些年，没有人说过这一点吗？”

四

没有人相信，赵自鸣会成为一尊塑像。

这事情听起来比较可笑，若不是真正看见，我又怎么会相信呢。

我是李挪，整个仓平县城个子最高的人，又因为恰巧是个女人，我的存在对许多人造成了威胁。他们总是说，我要是矮小一点就好了。我也希望是这样，我还希望能有一对大胸。我其实对大胸没什么欲望，只是觉得这样才是正常的，正常的就是好的。

赵自鸣不是马上变成塑像的。至少在去年，他还能说话。他只是像口香糖粘在了地面上，生活不能自理。他还能跟我说话。他说了很多故事，其中一个是关于他姥爷的。还有一个是关于洒水车的。他说了两个洒水车的故事，我只记得一个，那故事陷在他的口水里，渐渐就变成一辆真的洒水车了，还碾过了赵自鸣的身体。我把我看到的这一切告诉赵自鸣，他说我吹牛，我说："你觉得我吹牛，那你何尝不是杜撰呢。"

他冷笑两声，说："是的，我们是一样的，我们是一体的，李挪。所以你低头看看自己。"

我真的低头看了看自己，这时候我发现，我是没有影子的。

我现在是飘在仓平的土地上，飘在糖水街。那些糖水街上的水蒸气，也正是这样一个又一个蒸发的"人"。所以，仓平才有那么多的老人。所以夏天的夜晚才这么冷，这是身体蒸发的冷气，用以配合水蒸气。这冰火两重天的世界，从一开始就不是为我们这一类人准备的，它是很远很远的仓平的过去与现在的仓平的一场对话。

正如我和赵自鸣的对话。

“冷吗？”

“冷。”

“我煮了面，你要不要吃？”

他能吃很多。不得不承认，在吃这件事上，赵自鸣显示出他惊人的食量。可我觉得他这样是在讨好我。毕竟他不能动弹了，我是唯一能照顾他的人。只是，如果赵自鸣说的洒水车的故事属实的话——我似乎不该相信，他是听到了那声鸟鸣的。

这是二〇一二年夏天，也就是我在说这一席话的时刻。赵自鸣在这个夏天刚开始的时候，是有一段时间可以离开自己被粘住的位置的，他能自由在糖水街上行走，甚至滑行，就像一条死去的鲤鱼一样。他袒露着肚皮滑行，一直从东头滑行到西头，还能上楼梯，在他家水磨石地板上滑来滑去。有一瞬间，他的身体触碰到了他姥爷的那把藤椅，整个人直立起来。接着，又躺回床上。他的身体扁扁的，似乎被什么压进了被子的棉絮里，表情很不好。我一路追着他，却跟不上他的节奏。他躺在床上，把头蒙在枕头里。他等着什么，眼睛渐渐就睁不开了，接着我听到了什么，好像又没听到，在这听见和似乎听见之间，我看见赵自鸣的眼睛眨了眨，他微笑着对我说——“我听见了。”

“什么？”

“鸟叫。”

这个故事是赵自鸣告诉我的，也就是我唯一记得的洒水车的故事，这里面之所以有我的出现，是因为赵自鸣说，我确实出现了。虽然我不记得这一茬。说实话，我是希望相信他的，毕竟，如果这个故事属实，赵自鸣在能离地的那段日子也是和我在一起的。如果不属实，证明在他心中，我也是很有分量的。后者相当自欺欺人，但女人总是这样。我一直想当真正的女人，因此我也只能这样。

赵自鸣能行走的那段时间，在糖水街做了一阵子的地理老师，带领一个差班继续考了一次全年级倒数，他的名字被写满了一整个小黑板，以示批评。那之后他就说，他又挪动不了身体了。我觉得这是他编的，不然什么时候不能走不好，偏偏是这时候。可赵自鸣的表情很无辜，让我不得不相信他。

我趁着他粘起来的白天去医院继续看我的病，他们继续建议我，看住赵自鸣。这样我才有希望。

“我不想要希望，我想要痊愈。”我再一次重申我的立场。

“要我们说几遍呢？李挪，你是好不了的。”

这些医生说话的声音总是齐刷刷的，让我想起多年前那场瘟疫，那场全校“来大姨妈”的景象。说起来，当年遗留的那些卫生巾塑料纸，到现在也没有完全清理掉，为什么呢？也许他们不敢。仓平的这段历史，没多少人敢于正视，在这个问题上，赵自鸣的姥爷是一个真正值得尊敬的人。

我偷看过他的县志，在我第一次发现我没有影子的时候。

我溜进图书馆，没有人发现我，我偷拿那本只有赵自鸣能看见的书时，也没有人发现我。说实话，那时候我才知道，只有赵自鸣出现的时候，我才是存在的——他能看到我的存在，我才能和他对话，才能看起来是存在的，我的人生、我的生命中的大部分时间，早已经叠加在他身上。这是一件可怕的事情，我在探究仓平的秘密，寻找治疗的出口的时候，却发现，我是别人看不见的人。可想而知了，那些和我说话的医生、那些我的老师、那些我的家人，是怎样在和我交流。只有一个可能，他们也是影子。在分割开的两个世界，每个人都有一个对应者。

这让我觉得，我这么多年都是一个谎言，我是在一个被隔离的空间生活着的人，所以我不能离开仓平。

所以，我的命运，也没能给我机会离开仓平，所以我只能永远是222分。

这样，我所纠结的也只有一个问题了。我听到的呼救声来自哪里？

赵自鸣没有完全石化的这个夏天，我们探讨了彼此听到时间的重合点。有一点是肯定的，我们对于听到的声音存在认知差别。我觉得，我听到的是人声；赵自鸣觉得，他听到的是鸟鸣。

赵自鸣当时冷笑着。我很不喜欢他这个表情。他似乎认准了我不会离开他，虽然我也确实离开不了。我只能跟随他这样活着，否则我就会更早变成水蒸气。我很难过。更早揪出这个声音对我意义非凡。

我去了仓平县人民医院，看最近死去的普通人，还有寻找那些像我一样的影子。我就是这样在仓平县人民医院的太平间，找到了赵自鸣的姥爷。

让我很意外的是，我能看到赵自鸣的姥爷。

"你得找到那个声音。"他说。

"什么声音？"

"就是最后是什么的那个声音。"姥爷躺在一堆尸体的中间，半截手臂抚弄在一面塑料布上。他的影子下半身已经陷在空气里，并在颗颗下坠。

我觉得，我和赵自鸣开始了一场较量，先找出这个声音的那个人获胜，另一个人就消亡。因为他粘在了地板上，我自然先了他一步。

我的第一步来自洒水车，确切地说，是我看到的洒水车。

这一次的洒水车出现在午夜四点，是这个夏天最后一个夜晚。我看见它从我身边开过，穿过我影子的身体，碾过赵自鸣被粘住的身体，一直碾过赵自鸣家的房子，接着是糖水街上每个人的房子，接着，我的视线扩大，眼睛也变得越来越大，我的瞳孔开始跟随这辆洒水车在仓平县横冲直撞，一直看到它碾过整个仓平。

甚至，这步伐还将向仓平之外的地方延伸。不过，这些，我已经看不到了。

可看到的已然足够，我觉得很害怕，觉得赵自鸣似乎已经被碾死了。他的眼珠转了转，还能跟我说话，他说的是——

“我听见了。”

他说得很仓促。声音短小、粗壮，像一根发育不完全的阴茎，红彤彤地在太阳下张开；像一个隐晦的笑脸，粗鲁却精致。

这声音像要把我身体的一部分拉回来。一瞬间，我觉得自己需要让它不被搅浊，不被过多的议论咬破，让它像一条河流一样，悄然离开听觉神经，离开视线，离开顶楼浴室弥漫的、炎热的井巷街和它的夏季，在它被发现之前。

我要追赶这个声音，在赵自鸣捉住它以前。只是这终究还是太迟。在时间想要一锤定音的时候，我却用精致的步伐迈出去，这断然是走不快的。我怀揣着那本散佚的县志，走过井巷街的每一个角落。从早晨到黄昏，我等着赵自鸣继续站在那里，像一条永不倒退的口香糖。也或许，这条路就像四面八方的建筑，挺立在街道间，变成一团逐渐膨胀的肚皮，把我们都装进去，至少，不该不负责任地延展，让我们的追赶漫无目的，只剩打斗。

正如此刻，变成塑像的赵自鸣身体逐渐膨胀。而我变得更老了，皮肤开始脱落，身体犹如一个个清晰可辨的细胞，它们掉落在我脚下的位置，而我的脚下，是一个又一个雪白的小婴儿。他们不断哭闹，像是没有意识的玩具。逐渐扩大的赵自鸣也把他们吞吃了进去。在这一瞬间，我看见他的肚子变得越来越大，他的胃逐渐爆裂，我看见里面的肠子、血肉，还有浓浓的、消化之后的粪便。这些气味让我不禁呕吐起来，伴随着我的呕吐，赵自鸣的身体开始上升。上升到楼顶，再之后是月亮——成为月亮上的一个影子，再之后，他又缓慢落下，这时候我才缓过神仔细观察他。

他的脸变得越来越尖。他的嘴变得越来越长。伴随他的变化，糖水街和整个仓平也开始上升，县城的建筑变得越来越扁平，很快变成地图上的图形，渐渐被赵自鸣收入体内，当然我也是。在我们小的时候，或许都去过那样的山上旅行。四周的峭壁上站着岩羊，每隔一阵子，就有羊失足坠落。有些山民不需要打猎和付钱，就能扛着它们回家，作为好几天的伙食。

那座山，是未来的很多人都将看到的山。

山上布满岩画，是古代的人画在上面的图形，随着风化，逐渐消失，再之后，被新的人画下，再之后又分解。自然的规律，从来也不是那么难以理解，只是人们太自信，不相信罢了。

随着一声爆裂中的鸣叫，我听到了呼救声，这些都来自赵自鸣，都来自仓平。他们将变成地图的一部分，也终将被无数只鸟碾过。

“这就是存在的痕迹。”

赵自鸣说完我听到的最后一句话，身上的羽毛和后来掉落的骨骼一起，逐渐变回仓平的树木、花朵，以及糖水街上挨家挨户的看门狗。由于视线彻底黑暗，我只能根据声音和影子来判断，他到底有多少新长出来的身体部位变成了仓平县上的东西。只是这已经不重要了，无论他身上属于鸟的机能是仓平的一部分，还是他自己的一部分——此刻，都变成地图上扁平的肚皮了。这肚皮将被这片土地上新的子孙们拿来翻看、玩弄，他们也许会制定禁止销售地图册的密令，来防止更多的人发现这场变故。不过，发生过的就是发生过的，谁都不能掩盖。虽然，我知道断然不会有人记得我了。我生活在狭隘的第二时间中。我看见赵自鸣的眼睛和羽毛压进地图册，看见我和他都被揉进一张白纸上，那上面会布满崭新的轮廓，会有扩建之后新的街名，一切都将和现在不一样，虽然还是同一个仓平。在被揉进纸张的疼痛中，我明白了，眼睛这种东西看见的“永远”，终究也只能是瞬间而已了。

地下

立秋的那天没有一点声响，厚重的麻布帘把唯一连接地气的半扇窗户也遮蔽了。只是透过缝隙，她还能看到穿着鞋的脚。它们通常走过一遍就不会再回来，有时候遇到恶俗的鞋子，她就在墙壁上写满“杀死 × 的 × 种方案”。第一个 × 当然是鞋子的主人，第二个 × 要按照她对鞋子的厌恶程度决定。不过她想象力有限，最多也不会超过九种。即使这样，她的墙壁还是满得容不下一只鞋子了。墙壁像是熙熙攘攘的集市，她看着它，仿佛每一只鞋子都变成了人脸。它们的声音织成了一面讳莫如深的网，让她再也听不到，那本来就遥远的、城市的声音。

A

每到夏天，养生医院里就满是鼾声了。

磨爷爷的床位还空着，午后时分，闷沉沉的鼾声按照粗重程度依次穿过每一扇窗户，然后就都丢到这张床上了。有时候钟奶奶从那里路过，总觉得胖胖的磨爷爷又仰躺上去了。

她就多站了两秒，直到昏黑的视线中再次失去这个幻象。

若明远远地搬来故事书，照例在床沿一字摊开。钟奶奶习惯性地摸起了最厚的那一本递给若明，若明拿起来，放到身后，转身拿起另一本读起来。她的头侧着，眼睛已经眯成了一条缝，不断望向外面的草坪。知了也在叫着，太阳很大，这一刻静止得让若明手心冒汗。故事书都是很多年前留下的了，那时候这里还是儿童福利院，后来孩子们陆续被收养，剩下几个患病的孩子一直没有离开，他们就留在那里，占据着两间平房，看高了这周围每一棵梧桐，看老了唯一一架秋千，直到这里重新被变成真正的养生医院。然后，它才又重新热闹起来。

若明是这里最年轻的姑娘，工作之一就是给这几个间歇性失忆的老人阅读他们从小听到大的故事。自从她来到之后，他们就很快感觉到了自己的苍老。直到有一天，钟奶奶在打碎了养老院里所有镜子之后蹲坐在角落里哭了起来。那是一个鼾声如雷的夏天，若明没有睡，在钟奶奶的哭声里，雨水开始洗涤这座城市。然后她止住了泪，把耳朵默默贴紧了地板。

有人叫，好吵。

一整个夏天，钟奶奶都会重复这句话。直到若明开始慢慢倦怠，但她很快又找到了别人去说，那就是磨爷爷。他是一个和蔼而且唯一愿意相信钟奶奶的人。在那些若明不在的日子里，他会把那本早已被钟奶奶翻烂的故事书重新捧起来，随意翻开一页便开始朗读，但钟奶奶也不再去听，只是呆呆地看着。直到磨爷爷开始在某一个连贯的声线里喘息，她便又静静地说道——又吵起来了。

磨爷爷下意识地用双手捂住钟奶奶的两只耳朵，但他每次这样做之后，都能听到那来自地心的、呼喊一样的声音。接着，身后属于养生医院的花圃，更远地方的文化广场、地下步行街、地铁，都如同破碎的万花筒，把他们抽进去，又释放出来，并停留在钟奶奶和磨爷爷的耳朵里。当若明照例决定乘地铁回家时，呼哨一样的轰鸣就开始从下往上翻滚了。她记得那是自己听到的最大的噪声，它把城市的五脏六腑都轰炸了出来，连树木也开始呈现台风登陆的景象，向着某个恍惚间若明不知道的方向倾斜。她再回头的时候，雨水漫过了膝盖，而养老院里离大门最近的一间房里的磨爷爷，已经四仰八叉地躺在了自己的病床上。走近的时候，才看清他耳朵里溢出的两条溪流一样的血水。

钟奶奶并非没有亲人，直到磨爷爷死后若明和养生医院的很多年轻一些的护士才发现这件事。并且她们还发现，钟奶奶曾经在离开这家医院的十五年中，做过某个区的妇联主席。她的丈夫似乎是一位商人，但关于此，人们都讳莫如深。只是自从磨爷爷死后，她就宣称自己不再能听到呼喊声，接着便开始在夜里磨牙了。这导致若明总觉得钟奶奶曾经听到的，根本不是什么人发出的声音，而是她自己的声音，她自己在夜里的磨牙声。这个想法冒出来的时候她自己也很诧异，但的确，自己听到自己发出的声音总还是不一样的，甚至有时候因其特别之处会产生深刻的印象，反而久久不能忘怀，却又因为来自听觉，总觉得是别人发出的似的。

是呀。那些或许很特别的声音，说不定还真的是我们自己发出来的呢。

若明想着，便只见外面走进了一个墨镜男，身边还跟着院长。他们低语了一阵，但钟奶奶发狂一样的声音很快让他们放弃了说服的举动。

“这是钟奶奶的儿子。”院长似乎还想说下去，但却被青年男子制止了。

“我早就打算把她接回家住，可她就是不愿意。”

“可是，”若明还是诧异道，“她真的离开过医院吗？”

“当然，”墨镜男笑了笑，“她是我母亲。”

太阳很快就落了山，等若明再抬眼的时候钟奶奶已经睡着了。天空像刚翻腾过一阵潮湿的泥土，“轰隆”一下，暴雨就倾泻下来了。若明想起磨爷爷死去的那个雨夜，地铁停止了运行。第二天的报纸上还登着一张从下水道冲出的女孩尸体的照片，触目惊心。

雨停之后的养老院十分安静。小赵的电话还没有来，若明端坐在二层的房间里，点着的半截蜡烛已经燃尽了，最后一束光亮投在钟奶奶的脸上——她睡熟了。

这个时候小赵在干什么，若明不知道。这是他们相识的第三个月，也是她在养老院的第三个月。最初小赵是顶着一顶大檐帽来的。他所在的装修队伍负责城区所有二层和二层以下房屋的修整工作。多数时候，人们会在各种地方看到小赵的车队，它们呈一字形向前，看到哪家房子有问题，小赵便会吹一声呼哨，接着一队的电瓶车便都会停下来，开始工作。

小赵和他的队友有五年的时间都在这个城区行走着，只是后来他们的工作越来越集中了，伴随着越建越高的楼层，又因为先天的恐高症，他也只能在老城区寻找着活计，可是车队的人还是渐渐少了起来。到了养老院那里，车队就只剩下小赵一人了。他加长了雨搭，把二楼屋顶被风吹走的瓦片重新补上，当若明一脸倦容地走进养老院，他就已经又启动了小电瓶。小赵个子不很高，微微有些驼。他下意识地向若明打了个招呼，便匆匆离去了。

若明是认得小赵的，大概在她还在护理学校读书的时候，小赵就时常在那里出没了，那时候他不修房子，而是摩的的哥。职业学校的农村学生基本都认识他，因为他比别人收的钱少。后来他去修房子，也是比别人要的钱少。可是他活不行，但不知道为什么，人们还是喜欢他，好像少付了钱心里就舒坦了。于是小赵还是很忙碌。这邻近的两条多平房的街，是小赵现在的活动区,尤其是井巷街。有时候若明会去他那里坐坐,后来她就搬到那里去住了。他在镜子里是年轻的普通男人,除了身高在每个夏天都要疯长一阵。但若明是感觉不到这个的,或者因为小赵总是弓着背。她唯一能深刻感觉他气息的时候,就是被他紧紧抱在怀里,然后钢筋水泥的味道就扑面而来。有时候若明会觉得小赵的身体里有一束能把她撑开的伞,那像是一面溯流而上的瀑布,把她的身体隔离成了两个世界。

暴雨之后很多矮小的危楼都坍塌了,小赵每天早上六点就出发,晚上才回家,若明看见他的时候,他的头就深深埋在手臂里了。多数时候小赵不说话,有时候若明煮好了饭,他就安静地动几下筷子。城管的人在外面给这条街的墙壁又刷了一遍"拆"字。从若明的方向看过去,整个窗子就是一个缺失了人脸和双脚的影子,那时候她便知道影子的主人们还没有走。小赵的眼睛晃动着,影子投射在米饭上,他觉得自己的眼睛开始渐渐迷蒙起来了。

"这条街被朱谋收购了。"

天色暗下来的时候,影子们终于走了,小赵慢吞吞地吐出这句话。

若明是知道朱谋的。在长帽口市民严重的仇富心理中,这是一个红光满面且常年穿着皮草的中年男人,传言他身后有着各式各样的情妇,在长帽口不多的几所小学校中,如果有谁家的小孩是没有爸爸的，势必就会被怀疑成朱谋的私生子。但没有人真的见过朱谋，或许市里的领导们是见过的，但普通的老百姓从来离这些都比较远。他们站在外围，以一种狭隘而且充满热情的口吻诉说着朱谋和他光辉灿烂的创业史，但这些正面的信息多半是讲给小孩子听的，等他们长大之后，如父母所愿考上了好大学，爸爸妈妈们马上又会把传说中朱谋创业史“背后”的故事讲给他们听，然后这个故事便很快从励志版进化为社会版，然后这些昔日的孩子们这才发现原来自己走进了一个“骗局”。这些父母们总是喜欢教育他们考上好大学，然后等他们考上了好大学，又开始告诉他们好大学其实帮不了他们太多。当然更多的父母还是不会讲这些的，因为孩子们早已经离开这座三线城市，而他们永远觉得外面的世界是比家里要好得多的。

若明每个双休都要有一天去朱谋的歌乐商城替一个售货员女朋友上一天班，从她所在的化妆品专柜往商场西面再走一点就是朱谋偶尔来视察的时候待的房间了，没有人看到里面住过人，但房间就在那里。朱谋每一次“微服私访”都很隐蔽，有时候紧急开会宣布朱谋要来视察，然后一整天若明都看向门口，仿佛那里总会走出一个总经理模样的人，但她依然看不到，或者即使看到了，她也不知道那是否就是朱谋。然后慢慢地她就对这样的日子习以为常了，或许其他同事也是这样。但若明还是不曾想过，这个名字终于在她生活中出现了。

伴随着一整条的井巷街矮房，还有尽头处的养生医院，在若明养成回忆的地方，他就这样，慢慢地浮出了水面。

长帽口市是一座人流密集的城市，但这说的只是河流的右岸，左岸的长帽口永远是人烟稀少的模样。河流带着一种不负责任的热情，以每个季节一毫米的速度吞噬着左岸，若明很小的时候井巷街的小喇叭里就开始播放关于左岸消亡的预言了。

那是一个神圣的时刻，但可能只有若明会这么觉得。就像钟奶奶说她听见了那个遥远的、通过一具具城市里的身体抵达她腹腔的声音一样。若明觉得那一刻她是需要沐浴着某种芬芳来记住左岸消亡的时间的。每个季节一毫米，雨季可能是两毫米，河面上涨，泥沙沉积，左岸下跌，新城在河底渐渐露出端倪，甚至穿越城市的地铁，呼啸而过。

这是在若明梦中出现过的场景，作为一个在夜里大声说梦话的孩子，她从童年开始就不被任何集体所接纳，即使是那些在白天对她无比和善的人，只要跟她一起度过了一个夜晚，第二天就会自动与她疏远。若明知道自己打碎不了这个魔咒，除非她彻底变成一个在沉默时分沉默的人。大学期间她在外租房，便是毕业了工作也不与同事合住，甚至因为父母的分居，她的家更变成一间空旷的回声之屋。墙壁是透明如水的眼睛，她的心里仿佛也空下一块，似被磨成了透彻的镜片，碎片在心里拔不出，血也拥堵在那里，仿佛左岸消亡的过程中偶尔出现的旱季。

那就是阻挡左岸消亡的讯号，阻挡新城建立的讯号。

旱季像是奔跑在平行大道上的对手，仿佛只有超越了它，若明才能觉得自己心里的血块是打碎了的，血液是通畅地向前流淌着的。而新城也会在长帽口拔地而起。

在她漫长的童年中，这是唯一的理想。直到最后，当她发现这一切是那么的荒谬时，她依然感到这种奔跑妙不可言，她生命的回音从此有了来源，那就是旱季，那就是拥堵。无论是这座城市的天气，还是这座城市的交通，从此都有了诠释，她是唯一信任这个诠释的人，可是旱季，却并没有在暴雨之后，伴随着夏季的流逝，远离这座三线城市。

高温变成干裂的手掌，紧紧把太阳贴在长帽口的胸口。当公交车如流水般漫过高高低低的巷道的时候，若明相信钟奶奶听到了那个声音。

可是公交车蓦地就停在了大路上。

关于公交车自燃的新闻不绝于耳，市民们坚持认为是因为气温太高的缘故。很多学校都放了高温假，公交车也在气温预报超过三十八度之后被勒令停止，即使它已行驶在路上。

乘客们被分批转移，摩的的哥们从此又有了顾客，小赵也混杂在其中。

那是若明第一次乘坐小赵的摩托车。他们沿着河流走了一遭，若明就睡熟了。在迷蒙之中，小赵只觉得那团厚而小的嘴唇贴紧了他的侧脸——

它叹道：我听见了，地下的声音。

在又一个因高温被扔在大路上的下午，若明想到了那个场景，可是这一天没有出现摩的的哥，马路上奔跑的私家车也很少。若明走在通往歌乐商城的路上，高跟鞋踩出了节奏，她觉得浑身清凉了不少，好像是一阵流水伴随着声音再次穿过地心，漫过阻碍。她走在这样的轻快之中，停住脚步的时候，才发现商场门前已经挤满了人。

一辆卡宴停在大门前，车里先是走出了一个四十五岁左右的男人——那是长帽口曾经的某位部门领导，现在已经在省城某个厅做了厅长。在他身后的是一个比他年轻十岁左右的女人，女人穿着很简约，但浑身透着贵气，耳环繁复地紧贴着长耳垂。接着便走出了一个长着娃娃脸的男人，但举手投足间的老成以及眼神里的深邃让若明不得不怀疑他或许只是脸比较年轻。但男人只是默默走了出来，没有看一众围观的人。他身后是两个穿着黑色制服的保镖模样的人，但看起来应该又不是。若明被晒得有些发晕，也没有管太多，便继续向前走去了，走到自己位置的时候才发现大家都恭恭敬敬地站着。

“你叫什么名字？”娃娃脸男人轻声问道。

“张春华。”她如实说出了女朋友的名字。

“你撒谎。”娃娃脸男人眯着眼睛，“请你立刻通知张春华来上班，不得延误。”

若明愣愣地看他一眼，娃娃脸男人似乎也注意到了这个目光，但他很快就走开了。他并不高，比小赵应该矮了半个头，若明穿着高跟鞋基本就跟他一样高了。他身后的两名黑色制服男看起来很魁梧，总在前面晃的现任某厅长也以横向生长的身体把朱谋瘦削的身躯遮进了影子里。或许他只是走个过场，很快便跟贵气女人一道不知了去向。

朱谋居然是个娃娃脸。若明在心里嘀咕着，不觉又是一阵怅然。

她站在角落里给女朋友打电话，那一边很吵，应该属于某个夜场之后的纠纷。

张春华在那边叫着，我还有事呀。你不用管了，大不了你也走吧。反正破工作也没多少钱，我也不想去了。

若明挂了电话，再次觉得一阵空旷，外面是高温，她是无论如何也不想走出去的。她重新站进了柜台里，另一位售货员在不断向顾客介绍着新的产品，若明一个人在剪指甲，想着如何混过这一段气温最高的时间。

“你还没有走呀。”

朱谋站在柜台前的时候，若明的指甲刀剪到了手指，一滴血冒出来，她皱着眉望着他。

“外面的确是太热了。”

“你还是到晚上再走吧。”

“许若明护士。”

他叫了她的名字，也叫了她的职业称谓，她感到一阵诧异，拥堵的血块再次被打通了。她感觉自己听到了新的声音，那或许不是从地心发出的，也不是长久被钟奶奶积攒的职业病养成的习惯，而是切切实实地，从她那身体里不知存在与否的血块中传来的，它被打碎在躯体里，从此那里就只剩下奔腾着的轻快的河流了。

“你怎么知道？”

“我肯定知道的呀。”朱谋笑了笑，“我很早之前就见过你的呀。”

“我真的没有见过你。”若明把那杯加了牛奶和糖、甜得发腻的咖啡放在玻璃桌上道。

“你只是忘了。”朱谋打开了钱包，指着一张合照中的自己说道，“你看看，你真的忘记我了吗？”

墨镜男。若明瞬间又放宽了心，但很快又皱起了眉头。

“怎么，这世界上本来也没有什么离奇的事情，有的只是真相而已。”朱谋指着照片里自己旁边的那位女子说道，“我女朋友。前女友。”

他故意在女朋友和前女友之间停顿了一下，若明并没有如愿露出他喜闻乐见的神情，她只是冷冷地站直了身体，像一柄干瘪的骨架标本。

“我要走了。”

“太瘦了不好。”

“什么？”

“我问你多少斤。”

“七十八斤。”若明感到莫名其妙，却又无可奈何地回答道。太阳落下去了，长帽口再次陷入一片漆黑。或者这也是这座三线城市的特别之处，黄昏永远只有几秒钟。接着便是漫长的黑夜。她提着包，匆匆地离开了这间咖啡店。

在走了大概两百米的时候，若明走到了解放东路和井巷街的交叉口。红灯停了六十一秒，但这件事除了若明发现了，似乎没有别的人注意到，人们看起来病恹恹的，若明跟随着人流匆匆走了过去。在斑马线上，她的手机响了起来。这时候红灯再次亮了起来，这一次人们都看见了，但他们只是快速地向前走着，接着就变成跑了，像从卡车上卸下的一阵轰隆而过的货物。而若明只是觉得眼前的路突然变得细长起来，人流把她也带动了，她也开始了奔跑，而且左边袖子上的一颗纽扣还勾住了前面的一位男士。她感到有些焦躁，电话接通的时候小赵还没有说话她就兀自说了起来——

“我忙着呢，等会儿再说。”

"嘟嘟"声晚了一秒半才被小赵听到,但若明那里却已经挂断了。

在那一秒半被若明隔离的时间里,小赵的声音像点燃了一支细细长长的烟,越过一片片细若游丝的烟草。他说:"我觉得你要走了。"

而同样是这一秒半,朱谋的车稳稳地停在了若明要跑向的路对面的井巷街口。他旁若无人地从车里站出来,若明只觉得自己撞到了一块刚硬又柔软的网。再抬眼的时候,男人已经重新戴上了墨镜,并把她结结实实地抱在了怀里。

几个小时后,许若明在陌生的地方醒来。回过神来的时候,她已经像一只归家的狼狈鸟雀一样直愣愣地站在了小赵的面前。他还在睡觉,她从他扔在门口的皮鞋里掏出家门的钥匙。这是属于她的那把钥匙,依然完好无损地躺在原位置的那把钥匙。

她开了门,像她自己往常做的那样。小赵的呼吸声很大,像养生医院里经常回荡的那样,整齐地从这一居室排列到防盗门,冲向她的身体,冲向许若明拥堵的血块。可现在这拥堵已经被治愈了,她气定神闲地在小赵的沙发上重新舒展开了身体,像一面展开的蝴蝶。然后她才真正地感觉到自己真的回到了井巷街。可是小赵醒了,他乜斜着眼睛看到若明,又从沙发上坐直了身体,只觉得身体里有一扇被风吹开又插上了钥匙的门。他感到自己嘴里呼出不清洁的口气。若明嗅到了他凑过来的味道，但她也没有推开，她只是躲向了一角，像一只小猫。小赵重新坐直了，手臂像拉长了一样，把若明紧紧地粘在了他的胸、脖颈、眼睛、肚子、腰、双腿。他们像打开的两面墙壁，再次合拢了。看起来，并没有什么不适。

“你去哪里了？”

“我见到了朱谋。”她答非所问。

他像打了个激灵，但很快就泄了气。“好吧，他们下午又来了一遍。我们似乎真的要搬了。”

“我们不搬。”若明皱着眉头，“说什么也不能搬。这城里也就这里能继续住下去了。”

“我们撑不久的。”小赵冷冷地说，“你昨天晚上去哪里了？”

“朱谋家。”她大大方方地承认，并“咕咚咚”喝完了桌上冷着的一杯凉白开。

“什么？”这个回答让小赵有些不知所措。这与他想的似乎无差，但又截然不同。

“养生医院也要搬，你打算怎么办？”

“谁知道呢。”若明起身倒了水，似乎根本没有听到小赵在说话。

“谁知道呢。”她又重复了一遍，“我明天开始要在歌乐商城上班了，我要不要去呢？”

“看你。”小赵木然。

若明觉得房梁似乎晃动了一下，不禁手抖了一下，好像击中了某种念想，但这是被她自己所排斥的。在她伫立着的几秒钟里，小赵已经出了门。他知道自己面临着失业，但他还是走了出去，依旧骑着摩托车。但这次他没有去车站也没有去学校之类客源多的地方，而是径自往二手市场走去。他把车立在场地中央，对着一个抽着烟坐在长藤椅上的中年男人说道。

“卖车。”

男人比画了一个价位，左手继续在自己跷起来的右脚上婆娑着，小赵不悦了一下，但很快又恢复了笑容。

“好嘛。”他说。

旱季依然在蔓延，已经快要九月了。这座西南部的三线城市似乎并不知道这件事，秋老虎如肆虐的沙尘从最炎热的地方飘来，似要埋没庸人泛滥的城市。小赵觉得很难过，这一刻他不知道自己要去哪里，却又无比清晰地知道现在走着的方向。他买了一杯一块五的柠檬水，穿过了解放东路，在井巷街路口停顿了一下，就接着走向了歌乐商城。那里已经站满了人，都是来自井巷街的老市民。他们有的已经扯起了横幅，但小赵什么也没有。但他也不想随着他们的呼喊而呼喊。

蔓延过地上的马路，又探向了地下，那来自地心的、密匝匝的、呼救一样的声音。

他确信他是听到了的。但他觉得城市里的很多人都是听到了的，或者说，听到过。只是根据反射弧的不同，那声音抵达他们的时间也不同，更主要的是，有的人从不相信这样的声音，而不相信的次数多了，声音也就真的不存在了。

他盘好了腿，确信自己的姿势毫无错误，才又把目光抬了起来。前方商城的大吊牌还采取着多年前的老字号样式。如果不是牌照身后四十五层的高楼，估计没有人会觉得这是一个现代化商城适合悬挂的牌照。但现在谁还管这些呢，伴随着承包，一整条街城市里最初的居民都将去往偏僻的三环了。小赵并无愤慨。其实他没必要来这里，毕竟那并不是他的房产。他只是一个租住者，但是井巷街没有了，他的营生也没有了，或许可以期待养生医院有什么转机出现。可惜养生医院的新址也已经选好了，未来也将搬走。朱谋已经准备好了一切证明来宣布那一条街以及养生医院早已是危房。

在《长帽口日报》上，朱谋早已经宣讲过那番城市改建的报告。他的照片像是某位伟人，屹立在报告的正中央。他的眼睛很大。小赵看见"他"的时候，"他"也正看着他。

若明的电话打了过来。他还没来得及接却又挂掉了，再打过去的时候是正在通话中，他便停了一会儿，可电话没有再打进来。他感到一阵汗又从毛孔中冒了出来，他打了个电话，那是长帽口五十岁以上善忘的老人们常常念叨的一个号码。

那里往往会钻出一个甜腻的女声——

“您好，这里是长帽口市电话查询中心，我们将竭诚为您服务。”

“我要查询歌乐商城的电话。”

“请稍候……”

“顾-客-您-好，歌-乐-商-城-电-话-号-码-是-××××××××36。”

“……”

“您好，是歌乐商城吗？”

“喔，没有预约，但我的确很需要朱总的电话。”

“……谢谢您。”

“……”

“朱总您好，我想加入您的一项工程，我觉得您肯定是需要我的。”

“……”

小赵打完电话已经是晚上六点钟了，天气依然很热，而地铁并没有因为旱季的蔓延而继续行驶，相反，它仿佛成了城市重新拥堵的顽疾，被禁止通行在这个被炎热炙烤着的肿胀的城市里。这时候他觉得他应该接到电话，但可惜电话并没有响起。他喝完了柠檬水，到最后一口的时候，它居然已经是滚烫的了。他感到一阵泄气，却又因电话充满了希望。他把它丢在了可回收垃圾箱。然后他终于听到了电话响，可这不是朱谋打来的，而是来自若明。她的呼吸很急促，听起来很累，但那五个字却清晰无比并掷地有声。她说的是：

"我们分手吧。"

许若明说了这五个字就挂了电话。几秒钟的黄昏正好过去，黑夜降临。她这才发现男人的身体已经占据了整张床。她侧躺在他身旁，然后他也侧过了身。她不知道他是否已经入睡，只觉得右手又被他握紧了。接着他又迎过来吻了她，把她环在了胸膛前。若明突然觉得他的身体被拉宽了，她被埋没在这样的威严下，好像整座长帽口都因此升高在男人的背后，变得庞大，如地下发出的剧烈呼喊。

这是夏季的最后一天，是她再次听见呼喊的晚上，并且从此之后，每天晚上她都能听见这个声音了。

朱谋在名下的小区为她找了这间不大不小的居室。小区下面就是穿过左岸和右岸的河流。若明看见它的时候就觉得自己再次欢悦了起来。她无疑是喜欢这里的，只是每天都要有三个小时是没有网没有电的。她就躲在黑暗的房间用手机给朱谋打电话，或者有时候她还会给小赵打，但从没有打通过。他像是凭空消失了一样，便是那些请他修过房子的人也忘记了他的存在。有时候那些打给小赵的电话会被别人接起，三个月中，若明记得，至少前后有三个不同的声音从小赵那个号码中传来。

她不得不相信，或许他是真的离开了。

朱谋的电话通常都能打通，他或许是在某个会议的现场，但从来都是旁若无人地接听。她能听见他的声音透过这部大红色手机撞入她的耳朵，这让她不禁有些害怕。

好像又是那个声音。她是能感觉到这个的。

又是那个声音，从地下渐渐又浮了上来，好像沉睡的地铁也因此重新被唤醒，再次运行，城市肿胀的心脏重新发声。一下，两下，三下。像那个呼救声一样，一下，两下，三下。

若明每天都会数这个声音，但每一次到了第二下完了，它总像经历了一场漫长的潮汐一样，撕心裂肺地扬起了第三下，如同夏季最后那场最炎热最畅快的高潮。它响起来的时候，若明觉得自己的胸膛都再次滚烫了起来。她可以一整天都沉浸在这样的温度里，直到朱谋的敲门声如期响起。

她穿着拖鞋去为他开门，鞋子和地面的灰尘都摩擦出了喘息，朱谋在门外听着“撕拉撕拉”的声音，不觉扬起了眉毛。她穿着白色的睡衣站在他面前，他像往常一样一把抱住她，接着在客厅扬了一下，就坐进了沙发里。房间应该有些日子没有打扫了，地面已经积攒了一层灰尘，沙发上因为很少有人来坐也蒙上了薄薄的尘污。

“不是有个小保姆吗，怎么不见你使唤？”

“我让她回家了。”若明喝了一口水，“我不喜欢家里有生人。”

“生人。”朱谋笑了笑，若明这才发现他像第一次见到她时那样又戴了墨镜。

“生人。”他继续重复着，“我们两个最开始谁不是谁的生人呢。”

若明没有答话，只觉得他又坐得离她近了起来，他嘴里是清新的薄荷糖的味道。他像往常一样吻了她，可是很短暂。

“井巷街的工程已经开始了。”朱谋说道，“以后可能会回来得晚一些。”

“那万一我睡着了怎么办？”

“我会把你拍醒的。”

“那万一你忘带钥匙了呢？”

“我一直是把钥匙放在你鞋架上的红色高跟鞋里的，你不知道吗？”

若明打了一个激灵。是的，她怎么会忘记呢。两个月之前，她还从那类似的位置取出小赵放在那里的钥匙。这么想的时候，她不禁再次研究起茶几上的钥匙。

它看起来没什么特别的，泛着铜色的光。若明不知道之前有没有人住过这里。但她始终觉得自己在这间房子里如同一个客人，便是对灰尘都多了几分敬畏，轻易不敢打扫。好像这里埋着什么灵魂，任何物件都有附体。她想把这种感受告诉眼前的男人，但她努了努嘴，终究还是没有说。

她想拿起他丢下的井巷街新图景宣传册看一看，但还是选择丢进垃圾桶。看到自己旧日熟悉的地段变成新的面容，她不知道自己会不会又想起小赵来。她知道这一天没有什么特别。他会留下来，在这张他为她准备的床上，他们将合二为一，吊灯总在高潮来临的时候变得眼花缭乱，像一只晃动的木偶，若明总能听到它发出的各式各样的声音，好像上面有一根很长很长的天线，能一直伸向城市的外面，把所有能够收纳进去的声音都接收过去。

那样的晚上通常朱谋是不会开灯的，关上灯的时候他们连窗帘都不用拉。这或许是朱谋的一大习惯。若明不知道他是不是对曾经的或者别的情人也这么做，但在若明这里他每一次都是这样的。透过窗户他们能看到城市的夜景，但却没有人看到他们——但这是朱谋说的，若明从不这样觉得。相反，她总是觉得这间悬挂在顶层的房子是一个舞台，即使再黑，观众们还是能看得清。

她只是习惯性闭上眼睛，或者就去看那盏吊灯，否则她就总觉得对面会射过来一束明晃晃的亮光，像是一柄刀子，能直接把她的身体切出一条河流。

一时间声音就都跑了出来，身体变得空荡荡的，像是一间空房间。满耳朵就只剩下朱谋的喘息声了。他像是一块摇动的木板，在这张总在这样的夜晚变得无比辽阔的床上展开自己的博弈。若明知道自己是要跟随这样的节奏的。或者说她需要这样的节奏，如同晃动在城市的睾丸上，她紧紧贴着他，在一次次的推进之中，他们像是一整团棉絮，但很快，如同每天快速掠过的黄昏，很快再次跌入沉重。朱谋睡得很沉，他的身体依旧压在若明的胸前，像一座山峦，她感到安全，却又觉得害怕，好像这是可以越升越高的，却又是可以很快被削掉的。但没到半夜她还是会起身。在准备丢掉牛奶盒的瞬间，她再次看到了花花绿绿的宣传册。展开的时候正中央是一行硕大无比的字——

“井巷街旧貌换新颜”。

但她很快就看到了，在那行字下面的正中央就是她熟悉的男人的照片。他戴着监工帽，一脸淳朴地对着宣传册面前的若明。酒窝像是在发抖，若明的手也抖了起来，抖动起来的时候，她觉得小赵的两个酒窝都渐渐像是两口枯井了。

外面的夜色尤其浓重，她喝了一点葡萄酒，知道自己再也睡不着了。她蜷缩在沙发上，只觉得卧室里躺着的男人，越来越陌生了。她这么想着，渐渐又进入了梦乡。

自从换了新的防盗门，若明就很少出去了，有时候有些走错单元的人来敲门，她总能想起小赵来，她知道她是希望他找来的，却又是畏惧他找来的。

她把自己锁在屋子里，除了取外卖几乎不开门。地铁开始重修工作之后，朱谋就很少来了，若明每天早上都能听到一声细细瘦瘦的鸣叫，听起来有些尖厉，像是拉长了下巴的笑声。然后她的屋子就好像是骑在这笑声上了，摇晃、不安。她最开始不害怕这个。可是过了没多久，她就知道没那么简单了。

因为屋子开始下沉。

她首先是在梦中感觉到屋子开始下沉的，因为对面的楼在以每天两米的速度迅速升高着，那个她总能平视的对面楼层里的男人，这次终于可以用脚踝对准她的额头了。这终于不得不引起她的重视。

这也是每天促使她从床上起来一探究竟的动力。但通常她打开窗户是看不到外面有什么异常的，因为楼层长得都一个样，但地面就不一样了，它离她是越来越近了，并且每天打开电视都能听到关于地铁的消息。

同样的新闻每周能播七遍，不过这座三线城市本来也不会有太多新闻，不过是些家长里短。于是领导们提出的一件崭新的举措总还是能保持一周的新鲜度。有时候若明还能在解放东路听到这个消息，她总觉得小喇叭理应是过去的产物了，但解放东路的小喇叭已经叫出了名声。甚至有人说，如果谁家走失了孩子，在小喇叭里吆喝一声，全城的人就都知道了。

但是地铁呢？若明想起曾经地铁还在运行的时代里，那里走失过很多小孩，每天都能在地铁站看到新的寻人启事。老人们会说，这是因为解放东路的小喇叭叫不响这里。他们会带着洞悉一切的自信说道：

地下的事，地上怎么管得着呢。

B

“地下的事，地上怎么管得着呢。”

钟素丽懒洋洋地坐在对面说道。

现在多半已经没有人知道她的真名了，但她自己始终记得。也的确，她即使忘记了儿子是谁，丈夫出走到了哪里，也还是无法忘记自己的名字。更不用说是那时候的她了。她坐在那里，以一种笃定的姿态说道：“我只是需要简历，一份很好的简历。”

“为什么？”这问题是她预料之中的。

“因为我需要啊，而且你可以做到的。”

“一份简历而已，只要一份简历我就能离开那里。”

“我想去哪……我哪也不想去，我只想好好活着。”她突然严肃起来，“我只想好好活着。”

钟素丽第一次听到呼叫声其实是在很多年前。只是她现在大脑迟钝，多半是不记得这个了。那大概依旧是一个午后，她像长久以来做的那样给别的人读故事书。那本书已经被她翻烂了，但她丝毫没有意识到，仍旧孜孜不倦地读着。但读到美好大结局的时候，朗读声便戛然而止了。

那是从地下传来的，细细长长，等到飘到她耳朵边突然就变得广阔的呼救声。

救救我。

“救救我。”她说。

她确信那是由一个女人发出的。她没有向别人提起过这个声音，但自己好像因此变得聪明起来了，连她自己都感觉得到，自从听到了呼救声，她眼前的世界就愈发清晰起来，甚至连长久以来远离她的逻辑都变得无比实在了。可也正因此，她愈加不打算把听到的声音讲给别人听。

唯一的迹象是，她在一次快要睡熟的时候询问护工许阿姨道——

“我们城里，有没有地下监狱？”

当“监狱”这个词鬼使神差地传入许阿姨的耳朵里时，她不禁发了愣，这几乎是对钟素丽来说无比陌生，甚至不应存在的词语。但她还是斜着头思考了一下，可钟素丽显然没有耐心等她回答。

“我是说，”她急促地解释道，“就是那种像我们现在这样，只是没有窗户，然后也不能走出去晒太阳，就只能在屋里，然后，还没有人来看她们。就是很黑暗，很……孤独。”

她慌张又无比坚定地解释完了。但许阿姨显然是没有听懂。

“这样啊。”她说道，“精神病院吧。”

“不是的！”钟素丽坚定地拒绝了这个回答。

“那能是什么？”许阿姨显然有些莫名其妙，“难不成是‘宫殿’？”

“那是什么？”

“你不知道的。很多女人在的一个地方，有人说那是宫殿，有人说那是旅店，但那里的女人只接待这一个男人。”许阿姨神秘地说道。

“你在胡说些什么。”钟素丽皱起了眉头，但她显然还是相信了这个回答。

因为没有比这个更合理的解释了。

“可是，”她猛然想到了那个疑点，“那是从地下发出的呀。”

“就是这样，我需要一份简历。我需要工作，既然我可以出来工作，那我一定要做这项工作。”对面的面试者简直是词不达意地说完了这一切。关于这项工程，这位负责人甚至没有可以顺利进行的自信，不禁对眼前这个不怎么年轻的未婚女人，还是从福利院跑出来的女人感到诧异。他忽然生出了一股力量，好像眼前的人会是天外来客，无论她出于何种目的，留下她总归是没有损失。

他重重地盖了章。女人兴高采烈地走了。

她离开时的喜悦，作为工程负责人的赵先生是无论如何都不会忘记的。可时间不允许他想太多。女人回家之后他也离开了那里，他下了楼，路过自己的工地，地基还在建，看起来像一束束朝向天空的目光。他感到一阵眩晕，好像钢筋突然变得长了起来，长得遥远而使他不知所措。他的确是不知所措了，只得收回自己的视线，并且居然有些畏惧那些“光”了。他跳上了一辆崭新的公交车，售票员——那还是有售票员的时代——是个年轻的黑胖女人，手里拿着本缺了封面的小说，高声叫着：“下一站，解放东路井巷街。”

可是他没有看到车后面的钟素丽。她静静地等这辆车走远了，再次朝工地的方向走去。可她毕竟很久不出门了，很快就再次迷了路。她紧咬着嘴唇，这时候她才知道自己其实是多么的羞涩。她站了一会儿，询问着问什么人好，应该怎么问那呼救声的来源。正想着的时候她看到了一个穿着夹克衫的男人。这样的夏天，穿夹克衫的确不多。

男人看起来有些瘦，像是一株生冷的植物。

“你是楼里走出来的吗？”他看起来漫不经心。

她表示不明白什么意思。

男人眉毛间有两条弧线，估计是经常皱眉的缘故，他说着：“喔，那就不是了，这个时间，女孩子还是快点回家的好。”

他用了女孩子。钟素丽很少听到有人这样称呼自己，她好像从一开始就是一个大人了，没有人叫她的小名，当然她其实也从未有过小名。总之，或许这个“女孩子”还是让她荡漾了。很久之后她或许会为这种荡漾而羞愧，但现在她管不了那么多了。

男人看她并没有离去，突然笑了，他站在离她稍远的位置道：“那么，你要跟我走吗？”

她还是迟疑了一下，这是女孩子们都喜欢做的举动。但是每一个做这个举动的女孩子往往已经在心里答应了眼前的男人。钟素丽也像她们一样，在这一点上，她的确是一个女孩子。

她上了男人的车。

赵先生在终点站下了车。房间里依旧没有人，这让他一阵酸涩，虽然这早已经是他生活的常态了。他的房间里只有一张床和一张桌子，当然，还有被子和枕头。桌子上放着他的墨水笔还有笔记本，以及写公文需要的纸。

他摊开了公文纸，工工整整地写起了工程报告。可他或许是没有注意，当他注意到的时候，他已经把那句话写上了。

“今天面试了一名经验丰富的女士，我觉得有了她，这项工程一定会顺利竣工的。”

他抬起了头。指针指向十二点，这一刻女人在做什么他不知道。那时候也没有电话，他只是想着还能不能再见到她。

钟素丽倒吸了一口凉气。男人的家简直可以用华丽来形容了。客厅里居然还有唱片机，里面播放着她没有听过的外国歌曲。女伶的声音时而像大海般沉着，时而又像高跟鞋迈上了阁楼：叮叮嗒嗒叮叮嗒嗒……

男人给她倒了红酒，但没有邀请她跳舞。她局促地坐着，双手简直不知道放在哪里好。

“我不会跳舞。”她不打自招。

“可我没打算请你跳舞呀。”男人一饮而尽，“小女孩。”

他再次用了小女孩这样的词，他的这个称谓让她终于彻底大胆起来。

她甚至一屁股坐在了那张宽阔如人脸的古铜色桌子上，说道：“我就是想知道，这地下喊来喊去的人是谁。”

“什么喊来喊去的人。”这下轮到男人不解了。

“就是‘乒乒乓乓’的，还有骂声，还有别的什么……但主要是一个呼救声。”她手舞足蹈地比画着。

男人把酒杯“啪”的一声放在了桌上。

“滚。”

“什么？”

“你是真不知道还是假不知道。”男人冷冷地说，“少在我这里装疯卖傻，我这里每天都有很多的声音，什么‘乒乒乓乓’的呼救声，说吧，你是来找哪个女人的，还是你是谁的亲戚？是谁指派你来的？”

男人的一长串问题显然把她吓到了。但很快她刚出的一身冷汗就憋回去了，因为有人在楼上喊了起来。这让她定下心重新审视这间屋子。

这是一栋房子，确切来说，或许有很多隔间，但她在其中最大的一个隔间，或许这是男人的房间。那些别的隔间围绕它建立，透过仿若透明的墙壁，她能看到那些女人扭动的腰肢，环肥燕瘦，各具风采。她倒吸了一口冷气。

“这是……”

“没错，这是我的家。”男人面无表情，甚至可以说是毫无血色，“我是朱谋。”

“朱谋！”许若明从梦中叫了起来。可身边除了抱枕已经没有朱谋的身影。

她环顾四周，房间里空荡荡没有人，而且微弱的灰尘的气息告诉她，其实朱谋已经很久没有来过了。她很焦躁，梦里发生的事情让她不安。她“咕咚咚”喝完了床头柜上一杯不知道是隔了一夜还是隔了很多夜的白水，赤着脚跑到了电话机前，拨通了他的电话。

“有什么事吗？”男人的声音懒懒的。

她更加不安了，但还是觉得必须问出来：“我想问，钟素丽是谁？”

“你想问的就是这个啊。”男人的声音继续懒懒的，“她是我妈啊……你不知道吗？难道你们养生医院都不带透露病人姓名的啊？”

她在电话机前呆若木鸡。

钟素丽,钟奶奶。

可她现在的脸分明和她梦里的大相径庭。许若明开了灯,现在已经是黎明,但屋里光线还是有些暗。她开着灯,身体仿佛上了发条的玩具娃娃,一步步摇晃着迈向了全身镜所在处,她望着镜子中的自己:布满血丝的眼珠,发白的嘴唇,长满包包的下巴。忽然,她发出了一声自己都觉得不像人声的声音——

镜子里的自己,分明就是梦中的钟奶奶。

不对,是年轻时候的钟奶奶。

“我的面貌有变化吗?”

“你在胡说什么啊,你把我叫起来就是为了让我看你的彩信。你知不知道啊,我现在天天都忙着工作的。”

“我就是问你有没有变化嘛!”

“好吧,漂亮了。”

“不是问你这个,我问变化!变化!”

“你怎么了,有什么变化……”

许若明挂了电话。只觉得浑身变得轻飘飘的了,但或许也不是,因为头脑是沉重的。但下半身好像成了空气,她总觉得自己可以像某些鬼片女主角一样飘着下半身行走了,像一头失重的、迷路的小兽。

梦中的钟奶奶跟她长得一样。她不得不接受这个事实。而最主要的是，梦里有个男人，叫朱谋。

可她无论怎么想，都无法记起梦中的朱谋长什么样子。相反，梦中的赵先生却长着一张和善的面庞，但总显得有些懦弱。可已经不容她多想，赵先生……如果钟素丽就是现实中的她的话，朱谋还是这个朱谋，那小赵显然就是赵先生了。

这个推理毫无悬念，但若明还是在心里比画了一番。这让她踏实了一秒，很快就又心跳不止了。

这是要说什么……难道我听到的声音其实是钟奶奶的？那钟奶奶听到的呢……难道是我的？

她轻率却又艰难地下了这个结论，她感觉到有很多微小的东西在大脑里簌簌坠落，她把这种感受告诉朱谋，他说这是脑细胞发出的声音。

"那我是不是要死了。"她悲观地托着自己的下巴，也不管电话中的人根本看不见。

"不会的。"男人欢快地说道，"你还是个小女孩啊，怎么会死……"

小女孩。许若明再次呆立在那里。可这次她没有机会再多想一秒了，因为倦意像蓄谋已久的复仇者，很快插进了她的身体。

赵先生一整晚都梦见了钟素丽。这并非一个好的兆头。

因为早在很久之前，在赵先生还没有跟太太离婚的时候，他就是这样想念着这位太太的。可是某一天当太太再次彻夜未归的时候，他听到了一阵急促的敲门声，当他打开门的时候，只看到了两名警察。

“跟我们去一下公安局吧。关于您妻子的。”

当赵先生再次走出来的时候，太太并没有跟他一道走出来。她被依法拘留了。她被发现躺在朱谋所在“宫殿”的客厅里，几乎已经奄奄一息，她是被谁送去医院的这已经无从得知了。可她在医院很快又复原了，接着朱谋就不见了。据说他逃去了国外，但是赵先生的太太还是没有逃脱干系。她被以流氓罪判了四年。

这些片段是一扫而过的，或许梦就是这样的。即使梦中的人并非是自己，做梦的人也能对他的心理活动一清二楚。甚至那些梦中度过的很多年都能以一个个剪辑镜头一扫而过，绝不拖泥带水。

因为舆论，赵先生和太太离婚了。然后他把岳母岳丈都搬到了自己的家里，一个人提着自己的行李彻底离开了那个伤心之地，来到了现在这个居室，他过世的父亲母亲留下的小房间。

当钟摆再次敲响的时候，赵先生听到了那个声音。

急促的、犹如一声呼喊的声音，这让他焦躁了起来。

他几乎是没有迟疑的，很快提着衣服走了出去，甚至没有管自己锁没锁好门、带没带好钥匙。他在夜色里跑向了工地附近的“宫殿”，现在它已经是一片平地了。几年之前这里是生龙活虎的，很多女人都住在这里，只服务朱谋一个男人，只为他所有，他的太太也是其中一员。赵先生突然感到一阵悲伤，这真是一个迟到的悲伤，像久久才结成的网，一点点把他从脚踝往上统统包裹了起来，像一个结结实实的拥抱，可拥抱他的不是别人，而只是自己。他倒在那片空地上，泥土弄脏了他的白衬衣，他却像没有看到一样。但很快他的悲伤还是停止了，那个白天来过的女人平躺在不远处，脸上带着安静祥和的微笑，酒窝很小，却很深。她的下体流出汩汩鲜血，仿佛取之不尽用之不竭的泉眼一样。

而且，她没有穿衣服。

赵先生怕极了。他知道自己从来没有这么害怕过。他不知道自己当年的太太是不是这样被人送去医院的，这样想着，他突然就觉得全身僵直了，立马把姑娘背上了身。可他无论怎么背，女孩还是无法安稳地趴在他的背部。

“怎么回事？”赵先生叫出了声。

“你当然背不动呀，因为我根本不是属于你们这个时代的人呀。”女孩咯咯地笑出了声，把整片夜幕都笑成了一片朝霞。

若明醒了。

这一次的梦很沉重，可她终于确信的是，这个梦中只有赵先生是真实存在的。或许自己远离小赵太久了，居然要以这样的方式去思念起他来。她想了想，终于再次想到那个宣传册，她觉得自己是时候给小赵打个电话了。

“你好吗？”

“你哪位……”依旧是慵懒的声音。

“……小赵？”

“许若明？”

他终究还是准确无误叫出了她的名字。可她却一时语塞，除了“嗯”一声之外，简直不知道再说什么。

他们沉默了一阵子，若明终于再次开口了：“我梦见你了。”

“喔。”

“你过得还好吗？”

“呵呵，挺好的。”他的口气中没有仇恨，甚至连怨念也没有，这让若明很挫败，好像有谁朝着她的心脏开了一枪，顺便把那颗被自己拿去的心也揪出了一个洞——她知道那颗心是小赵的，可现在他要把它拿走了，把那颗被自己占据过的心拿走了。

“你不再喜欢我了。”她悲伤道。

“你喜欢我吗？”他又温柔了，“你何尝喜欢过我呢？或许你最喜欢的还是那束声音吧。”

“哪有！”她狡辩道，“是钟奶奶先听见那声音的。”

“钟奶奶？”男人迷惑了一下，又笑了，“钟奶奶什么时候会说话了？她再回到养生医院之后就不会说话了，你不知道的吗？还有，不是你说听见那束声音的吗？”

她感到一阵耳鸣，但她也知道他没有胡说，他说的每一句话都是实话。她听到的，只是钟奶奶在很多年前就听到的声音，属于这座城市重建之前的声音，地下蠕动的声音。可这却让她更加难受了。

“许若明，你谁也不爱。”他说了这句话就挂断了，留给她一片忙音。

她只是拿着话筒，仿佛那是一片刻刀，不断在手腕上划来划去，好像脉搏的声音重新流转了。她以幻想中的利器来打通那拥堵住的血河。

“许若明，你谁也不爱。”他的话又在她脑海中回放了一遍。

可这是最后一遍回放了，因为房屋剧烈地摇动了起来。她不知道这一次是梦里还是现实中，但容不得她多想了，她只觉得有什么东西砸到了自己的头。接着滚烫的鲜血就漫出来了，它们在她的身上切开了缝隙，很快充满了这个房间。整个房间充满红光，她感受到那种温度，温度也炙烤着她。她觉得自己走不出来了，那面窗帘也被红光照得耀眼了。她颤巍巍地打开窗帘，才看见对面的高楼已经彻底把自己踩在脚下了。

因为显然,她已经坠落至地面了。

房子下沉了。一时间,她甚至不知道这段时间自己听到的声音是不是来自那些在睡梦中发现自己被深埋地下的人们的呼号,还是……

钟奶奶。她再次想到了这个人。她知道自己要赶紧跑回去,跑到养生医院里去。只有确认了钟奶奶,她才能确认别的梦境,别的记忆,以及这下陷的楼层。

她觉得自己还需要给朱谋打个电话,但她拨了号码,很快又按掉了。没用的,她感到一阵难过,都是没用的。

她在马路上奔跑着,好像梦中背着钟素丽奔跑的赵先生,她像是赵先生在汗如雨下,汗水像奔驰而过的洒水车,把整座城市都染上了一股勤劳的滋味。她跑着,全然不顾红灯亮起。但她还是停住了。红灯多亮了一秒,她再次发现了,可是她仍旧面无表情。她只是跑着,在路过井巷街的时候,她看到迎面走来的人。不是小赵,也不是朱谋,是——许阿姨。

可她只是看了她一眼,接着便在她的视线中融化了。

"你看到的都是假的。"许阿姨只说了这一句话。

这是她的母亲,她从少女时代就在养生医院生活的母亲,做了一辈子护工临死前只希望女儿不要再做这个的母亲,这个当着别人情妇后来嫁了平庸男人的母亲,这个最终跟丈夫分居的母亲,这个从不在她面前流泪的母亲,是她相信的人,也是那个梦中她唯一没有产生质疑的人。

若明在原地颤抖着,感觉浑身都开始血脉偾张了,皮肤可能很快就会脱离这具肉身。当然,即使她不这么觉得,那些皮肤也已经开始脱落了。

从眼皮开始,从身体最脆弱最敏感的部位开始,从最需要皮肤的部位开始。她们两个像被惩罚的遇到火光之灾的猛兽,身体的每一块地方都掉落下来。等她再一睁眼的时候,只觉得整个城市都是皮肤铺起来的了。简直是世上最精美的地毯。人们赞美着。只是他们丝毫没有看到那个继续奔跑的女孩。

在她奔跑的步伐里,整个城市都在旋转了。这是一座建立在半山腰的城市。不远处挥发出地铁重修的声音,和远处沉睡着的井巷街建筑群遥相呼应。她知道小赵或许也在睡觉,但她管不了他了,她首先要看到钟奶奶。

这条路并不很长,但她还是觉得自己走了很远。她先是跑到磨爷爷的病房,但是这一次她没有在磨爷爷的房间看到翻书看的钟奶奶。她在养生医院里转了很久,终于也还是没有看到钟奶奶。她摇摇晃晃地走了出去。从养生医院走向井巷街。小赵坐在高层上看着她走过去,爽朗地吐了一口浓痰,它没有砸到若明,只是从她眼前滑落。若明没有理睬,她知道自己手里还握着宣传单。大地仿佛都张开了嘴唇,若明甚至听到了,从大地食道深处发出的声音,"嘟嘟嘟嘟"……那是某种饥饿的讯号,或许根本不是什么呼救声。可若明是坚信呼救声的存在的。她脑子里还在想着呼救声，面容僵死，但那声音还是一遍遍在她脑子里回放，像一段旋转的曲调，一直把她越绕越瘦，仿佛一条拧干的毛巾。

她终于知道自己为什么这么瘦了。

她这么想的时候终于看到了钟奶奶。她继续蜷缩在若明曾经留宿过的声音里，她在那里告诉她，有人叫，好吵。

那像是来自地心的、呼救一样的声音。

钟奶奶看着她，好像也是看着自己，她离她越近，就越像是梦中的钟素丽，她的年轻时代。若明看着她，一点也不害怕。

她离她越来越近了，在离她仅三厘米处，年轻时代的钟奶奶说道："我听到了你的声音，你也一定是听到了我的吧。"

"躺在地上的那个晚上我听到了你的声音，但我总觉得它从地下飘了上来，爬到了我的身体里，我用了很多小石头想把它从体内挖出来，我像处理便秘一样想把它从体内挖出来。

"是的，流了很多血，很多很多血。

"然后我梦见有人在梦里背着我跑。他跑得好快呀。

"然后我就听到了那个声音，这次不是从我体内发出的了。我知道那是一种遥远的声音。可那时候我就感觉不到我自己了。或许那之前我就感觉不到我自己了，我好像在背我的那人脸上看到了奇怪的表情，我想我一定是说错话了。

“但我知道那声音是很遥远的了,那不是我所在时代的声音,我所在的时代不会有那种扬起的、如同在人体器官上激流勇进的声音。像是一个勇士,瞬间把你带下水,再瞬间让你成为一个意想不到的人。

“我是说了很多吗?但我只是想告诉你,我听见了你,于是,你一定也听见了我。”

“可是我不知道我有没有听见她了。”若明说道,“当我再次回头去寻找小赵的时候他已经不见了,因为很快就是白天了,传说那个工程只在黑夜里进行,我就又等到了天黑,我觉得他是会出现的。我等了一个白天,可他没有出现,但他的工程却拔地而起了。我给朱谋打了很多电话,可他都没有接。最后一个电话是停机状态。我知道他是换了号码了。肯定的。”

“我听不到那个声音了。”许若明变得很难受,“嘤嘤”哭了起来,泪水掉在地上,很快变成了一个个人面皮。然后这些人面皮又变成了人身投入那场工程中了。

“于是你都是在幻觉里构建这个世界?”

“没有。”她擦干了眼泪,“这不是幻觉,这就是真实发生的,所有能让人痛苦、快乐、悲伤、绝望、流泪的东西都是真实发生的,所有付出了感情的都是真实发生的。”

她说这话的时候坚定无比。

“井巷街没有竣工，估计一时半会儿是不会竣工的了。我守在那里，晚上的时候我就去找小赵，我知道我一定会找到的，可或许他也是不存在的，他只是我想的时候才出现，你见过这样的人吗？只有在你想的时候才会出现？”

“你会找朱谋吗？”

“我已经找过了。”她说道，“可惜我没有找到。不对，我不需要找，这所有的房子，或者我赖以生存的，不都是他的吗？”

“连同我那梦中的、听到我声音的女人，甚至她的声音也被我听到的女人，不都是因他起的头吗？

“他的房间真是大啊，我知道那些呼救声。她们是慢慢陷入地下的，我命运很好，我在顶层，是不是，他是不是很爱我？

“他很爱我他才会这么做的。”

长帽口市的重建工作在夏末的最后一天竣工。第二天就是秋天了，轰轰烈烈的秋天。若明没有出门，房间在秋天之后就不再下陷了。但或许这也是幻觉，因为长帽口是山地，无论它怎么下陷，有些地方也还是在高处，在高处忍受着最后一场秋老虎。井巷街的“拆”字彻底离开了这座城市，因为它已经布满了现代化居民区了。地铁会时常发出悲鸣，但这次没有人知道这声音来自哪里了。但或许也还是知道，是知道的，只是没有人再提起，但若明还是会提起的。她会捧着新的一杯温热的白水站在自己的阳台上说："地铁的那声鸣叫呢？"

细细长长的，好像地心发出的呼救声。

她在墙壁上写满了城市里鞋子的故事，那些她讨厌的鞋子的主人们总有一个不好的结局。她是在胡编乱造，她听着地铁站的悲鸣声胡编乱造。

"杀死 × 的 × 种方案"。

她写到了第九种，穿着难看鞋子的主人在某一天晚上被地铁站的悲鸣声吵死，但她还是死在了争吵中的男朋友的怀里。恶心死了，这故事恶心死了。她知道如果朱谋在的话，他一定会这么说，但他不会再存在，或者以一个人的形式存在了。因为他其实从未离开，他就站在她的身后，是这座城市最宏大的背景，所有男人的总和，所有欲望的总和。若明想起了她居住房间里的仿若天线的收纳，她早就该知道的，这是一个吸取声音存活的男人。可怎么会有男人依靠声音活着呢，或者说只依靠女人的声音活着呢。他只是戴上了面具，很多年前他就是这样，很多年后也依然是这样，他就是这座城市，它吸取着声音。

从那一天开始，地上的人们不再能听到地铁站传来的鸣叫，便是装修工人们也不再能听到他们自己制造出的声音。他们只是感到内心越来越宽广。在宁静之中，他们看到由地下升起的城市的炊烟，那来自一片废弃的地铁站，由于长久没有出门未修剪头发而导致黑发缠身的少女从地下渐渐伸长了手臂，把自己从龟裂的大地的嘴唇中托了起来，像是一阵气流，在城市上空回旋了一阵，就又躲进了一个装修工人的梦境。在一切重又恢复平静的那一刻，人们知道，这一切都不一样了。新闻还在播着——

井巷街旧貌换新颜。

火兽

林莫可打来电话的时候我已经要睡了。这是凌晨一点，人们的鼾声已经遮住了夏季城市所有的虫鸣。我抽了一支烟，越过王子茶楼，直走到火车西站的立式大钟前。那口钟从我来到这里的时候就已经不走了，之后经历过三次维修，复苏过一次，但很快就又坏掉了，然后也就再没有人要修了。

她比我第一次见她的时候要漂亮，连衣裙是露肩的，还好是露肩，否则那一定是一件古董衫。她的耳坠看起来也够老的，古铜色，雾蒙蒙的，好像许久未见天光了一样。她红白红白的脸颊上覆盖了一层细细的汗珠，她说自己必须马上回家，问我能不能帮她买完购物单上余下的东西，并送回她的家。大钟附近是云城最大的二十四小时购物广场，我对她已经到了我家门口却坚决要回自己家表示出了不解，但还是没有拒绝她的请求。

她的家在负二层，门一推就开了，屋里非常乱。墙上挂着几幅未干的油画，整座屋子充满了松节油的味道。每次去发廊，现在应该说是造型工作室，我都能看到门口堆着印满冷漠男女表情的颇具先锋色彩的摄影杂志，这些油画上画着的，就是这种形象。林莫可走了进去就一直没有出来，我叫了一声她没有应，这让我突然有些忐忑，接着我就连声叫了起来，直到浴室里传来她细微的声音。

那是一种类似某烈性燃烧物的声音，嘶哑、低沉。接着她走了出来，衣服还没有完全披好，看起来很疲惫。浴室飘来一阵淡淡的火药味。她说有东西给我看，让我先在客厅坐一下。而越往房间深处走，松节油的气味越来越浓烈，辣得我干眼症都快好了。

"你是怎么在这活下去的？"我半抱怨半疑惑地问道，但她没有回答我。等我看到她拿给我的东西，不禁又失望起来。

不过是两本十来年前短暂流行过的奇幻小说而已，当时我恰好是那两本小说的编辑，说起来，这位作者到现在还欠着我两千多块钱。

"我想问，"她思忖道，"我写了个故事大纲，但是故事还没写完，想让你看看，怎么往下写。不过，我知道我写得不好，你如果有兴趣，帮我重写也是可以的。"

可那时候我还不知道，从那之后属于我个人的记忆，就只剩下和林莫可相处的时光。而我大部分的记忆，就只剩下了云城这个背景，主人公林莫可，还有一个小男孩——只是无论我怎么努力，他都不能从这条记忆线中走出来。于是我决定写一本书，如林莫可所言，这既然已是云城的故事，那我也便不用进行追索，因为我本身，也就在故事中。

一、回音

在我很小的时候，周围的人就很喜欢跟我分享他们听到的各种奇妙的声音。我住在云城最曲折的一条巷子里，那里就像是一条绵延的燃气管道，里面空气炎热，许多人就像许多个细胞聚集在我身体周围，紧紧挨着组成了一根细瘦的气泡。我常常觉得不透气，并觉得周围的人在吸收我身体里的能量，我感觉自己的力量一点点被稀释，身体单薄起来，并且动弹不得。

那时候我尚不知道身为一个永久性失聪的人，生活将会有怎样的不幸。我甚至憧憬过，当有一天我能听到声音的时候，我可以继续假装听不见，以此考量他们口中信息的真实性。我总是觉得，只有在那时候，我才能真正了解我周围的人。

聋哑学校位于我们那片街区的最西头，课程松散，从初中到中专一体化教学，主要教授我们技能和几门基础文化学科，毕业了就进入云城各种轻工业工厂。我早上八点起床，九点才到学校，我记得第一次去上学的时候我站在楼上往下望去，觉得整座城市就像是一盘跳棋，虽然路数复杂多变，但每个街区却都在按照一个路数生活。我的口头表达能力是欠缺的，或者说几乎没有。我能做的只是努力告诉我的父母——我是可以一个人去上学的。

助听器只能让我听到城市一些微弱的喘息，我不得不注意每个方向可能对我造成的“袭击”，比如一辆横冲直撞的摩托车。所幸的是，那一天很平静。但也正因此，我有些不安，甚至可以说是痛苦起来。因为我还是在怀疑，这是一个喧嚣地，是让人焦虑的世界，不像父母跟我传达的那么和谐、动听、美好。我闻到饭香，就好像是“听”到了炒菜的声音；我看到了邮票，就好像是“听”到了等红绿灯的邮递员蹬自行车的声音；我摸到了衣服，就好像是“听”到了裁缝的声音。这一切的声音都丧失了被我听到的权利，我却又以这样的方式沾染了它们的形态。那就好像是我长久以来生活的那条小“燃气管道”一样，只是这种“听”没能让我满足。我从餐馆走到博物馆，又走到银行，一直走到我读书的学校。那里照例站着一个微笑的老师，嘴巴张张合合，我不知道她是不是在称赞我。

越过一条盛满破旧玩具的回廊，就是我上课的那间总是黑咕隆咚的小教室。桌子像是永远也擦不干净一样，地上总是会发现一些令人生厌的爬虫。但这是云城唯一一所能接纳我的学校，我的父母没有权利再发出质疑。虽然在我不知道的声音国度里，他们或许早已经抱怨过我无数回了。可我懒得再去想什么，只是趴在桌子上，继续我的劳技作业。老师打着手势告诉我们，把两只手在课桌里悬空放平，闭上眼，看看一会儿会发生什么奇妙的事情。

这让我不耐烦，但我还是照做了。很久之后我总是会回味起那奇妙的一刻，闭上眼睛的瞬间，我突然觉得世界真正走进了无声。某条被拨直的大路，就这样插进了我的身体。那一刻我才突然觉得，世界就是这一个，这同一个。有一丝仿若气泡胀开的“嚓嚓”声来到我的耳边，渐渐褪去了它的外衣。

当我睁开双眼，只看到双手已经在不自觉间碰在了一起。我放下了双手，并很快感觉到课桌里塞着的那沓稿纸。在我的认知里，已经算得上是厚的一沓了。

文字的排列疏朗且跳跃，纸张有些散乱，我从最上面的一张读起，但我也不知道这是不是真的开头。它们看起来只是一场自述，只是那时候我更好奇“我”是谁，这篇文字没有署名，便是连题目也没有。这让我感觉很不舒服，于是我执着地为它写下了一个题目，那是我刚刚想到的一个词。

“回音”。

《回音》

起初，我的耳边总是能不断回响起父亲的哮喘声，它们起先是低沉的，接着就会尖厉起来，像是老鼠的牙齿，听久了就觉得它能一点点把隔音墙敲碎。

和很多人一样，我的记忆始于幼儿园。那是一个翠绿的、沾满露水的废弃健身场。而我们的校舍就是那里面的一排小平房。教室经常漏水，每一次暴雨将至，我们都会放假，那是我最欢乐的时候。但我母亲显然不愿意我总是待在家里，她是一个常年眉头不展的女人，我十岁之前是不知道她的年龄的。她是一个医生，时常突然接到电话就赶赴工作现场。她对我几乎没有要求，工作之余则是一名优秀的演说家，她会在各种节日的场合诉说我的父亲，只是这些故事我听过即忘，概括起来，那是一个离我很遥远的、永远只奔跑在路上的男人，在不同的城市都有一个不同的情妇。我曾经怀疑我母亲只是我父亲众多情人中的一个，我在十五岁那一年郑重问了她这个问题。那时候她正在拌饺子馅，我在厨房对面的餐室擀面皮，当我提出这个问题的时候她严厉地批评了我，义正词严地告诉我说，他们是有婚姻的，只是那在我还没有出生的时候便结束了。接着她便开始跟我讲述她的故事，那无非是一个妈妈如何拉扯大一个等于没有父亲的孩子的故事，尤其是一个女孩子。因为她还要担负起她的终身大事，考虑她成长中的危机。这让我感到很枯燥，我眼见母亲的泪水已经滴滴答答流进了饺子馅里，那大概是我这么多年来第一次感受到她的悲伤，这种悲伤让我挫败，一时间我觉得我真的是那个口口传诵的悲伤的孩子了，只是我没有安慰她。我大概一次也没有安慰过我的母亲。于是她哭了一阵便止息了，并走到餐室跟我一同包饺子，她再次抬起眼的时候我看到了她的皱纹。接着便听到她对我说：

“晚上跟我去看你爸。”

我父亲住在云城最大的一所养生医院——其实是唯一一所，因为唯一，所以最大。那里盛放着云城所有因为身体原因不能上手术台的患者，还有各种生活不能自理的老人，或许不久之后还要陈列他们的未来——那些骨灰。我父亲的病房坐落在最深处的院落里，如果不是种着些水仙，也许会更冷清一些。母亲跟他的话很少，渐渐地，她就让我一个人去那里探望他了。但我其实也没什么话对他讲。

在很多年里，我都觉得去见父亲是一件尴尬的事。我总是不断找一些新话题，但每一个不是短小，就是空泛，这让我们的谈话显得急促而无聊。通常我会在那些水仙之间徘徊一阵，父亲就用他的老式收音机播放一些戏曲改编成的歌曲。到了一定时间他就会咳嗽起来，按铃让护士给他放上新的洗澡水。

他只有在水中才能安静地讲话，才能持续地呼吸。那时候云城面临着严峻的断水危险，每天只供水八小时。据说我们的地基在以每小时一毫米的速度下陷，当然这种说法是坊间传言，我至今不信，但因为其中的浪漫色彩，也喜欢传播这样的传言。有时父亲跟我讲一些故事，那是关于一个小男孩儿的。父亲称他为小火。

每一次我对母亲讲起这个故事时，她都会皱着眉不屑道，你爸是梦做多了。可她总又会时时向我打听起小火这个人，好像这是我们失散多年的一个亲人，只是每一次她在我的讲述最后表示出不屑。这时我就赶紧忙我自己的事情去了，因为按照惯例，她接着会向我哭诉这么多年的艰辛，哭诉那场她口中的“骗婚”，哭诉时刻面临守寡的危险，哭诉我还没能给她带来一个健康优秀的男友。可这一切从那个夏天之后她就都不说了。

因为我父亲不见了。

他是按过铃之后不见的。水缸的水很热，估计他刚泡上不久，把手放进去就好像从寒带迈入了热带。养生医院的人说，也只有我父亲的院子，才养得活水仙。因为那一方空气总要比别处温度高些。

打那之后我就再也没见过父亲，便是关于父亲这个人，也再没有人向我提起。可是每个夜晚我却都能听见那个由远及近的鼾声，伴随着剧烈的咳嗽。与此同时，是一股潮热而温顺的气息，它向我颔首，我只得给它一席之地，但久而久之，我便不再在意这种声音。你知道的，总有一天，任何特殊的鸣叫都会在我们的记忆中沦为蝉鸣、沦为风动、沦为钟声。也或者，只是云城每一处可能的声波把它们稀释掉了。至少我总是能记起小火，以及我曾经待过的幼儿园附近的那条小吃街，火焰、人影的律动、袭人的香气，这些都渐渐在我的记忆中转化成了声音，让我即使在安静与静止中，都不能忽视这一场存在。只是我总觉得，父亲还是待在养生医院，或者至少还在云城，只不过突然有了那么一天，我们都看不见他了，可是他却能看见我们。

小火的故事

小火是我们大院最大的一个孩子，他是所有孩子的头头，我们的领路人。有一段时间，我们的大院儿总飘浮着一层火药味儿。一到晚上，那种气味“嚓嚓”地跑到我的卧室里，再一抬头的时候，就能看到小火在窗外摇头晃脑。那大概是我跟小火一起玩火的第一天。直到现在我也不知道为什么小火会选中我作为他的玩伴，但那时候我胆小怯懦，有个伙伴总比没有好。

小火家里花草很多，白纸也多。每天他都要写上五篇大字，才被准许出去玩儿。他们家后院有很多宣纸，有时候我总觉得它们就像三月份护城河飘来的柳絮，取之不尽用之不竭。

每天，我都会早早上床，躲在被子里等待小火。有时候他会从窗台外跳进来，有时候我睡着了，再一睁眼就发现他已经躺在我身边。然后我们便悄悄走出去，躲过整座院子的睡眠，避开强大的鼾声，爬到那棵老槐树的顶端，小火就坐在最粗壮的两柄树干之间。伴随着火柴的“嚓嚓”声，我便会看到他对我描述的“盛景”——被点燃的、落入黑夜的两页宣纸从槐树顶端一路奔逃，在夜晚的风中划出一条弧线，接着就带着照亮半个院子的焰火化成了灰烬。

可惜我跟小火第一次的“秘密行动”就在焰火熄灭的瞬间夭折了。如同警报器响彻大院，整座院子都被火光给唤醒了。从小火的妈妈再到我的妈妈，到大院所有的家。鼾声也止息，甚至连我和小火之间，都变得异常安静。我不知道小火在想些什么，他只是拿着我的小手电寻找他烧掉的宣纸灰烬，根本不理我。我妈拿着那柄长竹竿一直伸向了我坐在树上的屁股，许多个手电筒把它们的光圈投向了老槐树。

那之后我就很少在大院见到小火了。

有时候我会在去上学的路上看见他，有时候他在玩弹珠游戏，有时候在抢女生的沙包，唯一的一次，我想我是看见了——他又玩起了火。那是一张从一个比老槐树要高很多的地方滑翔过来的，依旧绵软、细瘦的白纸，像丝带状的柳絮一样，潜入了我能看到的那一方天空。那一天是元宵节，大概是我记忆中云城最热闹的一天。整座城市弥漫着烟花升腾的声音，连同中央广场升起的数盏孔明灯。天空不断在发声，灯火四处在摇曳，这让那张白纸显出些静谧之美。那天我有些感冒，父母在单位值班，我侧躺在空无一人的房间，很难过。我对着那个曾经闪动过小火身影的窗台。窗户紧闭，没有窗帘，军绿色的斜背书包在摇晃的煤油灯下忽明忽暗。接着我便看到了那一束火光，它在我视线能抵达的最顶端打了个圈圈，就一路游来了，我以为它会落到我的窗台上，可惜没有。直到它准确无误落在了那棵老槐树上——落在小火曾经骑过的那两柄树干间。

那个白天我经历了严肃的“拷问”，因为之前犯过错，大人们觉得是我放火烧死了老槐树。他们无一例外都遗忘了小火，那个最可能的肇事者。我爸爸，那个额头上总是“一马平川”的男人，用他的皮带蘸了水，抽了我的背，那大概是我儿时唯一一次反抗，并且最终以大人的妥协收场。小火家的房子从那一天起就是空的了，家门前摆满的水仙花还开着，很茂盛。我最后一次听到人们谈论他就是因为那一整排的水仙花，而小火在他们的讲述中也变成了一个漂亮的、喜爱水仙花的、懂礼貌又上进的好孩子。他们总说：“那娃不错。”

二、赛跑

每一年的长跑运动会总能吸引很多人。但其实人人都知道，这只是市政府给体育学校的一个良好的宣传机会。在我小的时候，所有的小学在上午第三节课下课都会安排一次十五分钟的逃生训练课。一时间，所有的校门都会敞开，我们将通过各种安排好的路线奔向同一个目的地——云城体育中心。一般情况下，那个时段体校的人是不在训练的。他们将按照两人一组排列整齐走回教室上文化课，而那大概是他们最为颓丧的时刻。而对于我们而言，逃生训练也渐渐由最开始的恐慌和无聊渐渐变成一种惊喜。因为按照学校所在街区的不同，年级班级的不同，我们会一拨拨轮番交换路线，而且也会随着训练的娴熟渐渐衍生出别的路线。很久之后我离开云城再回到那里，它显然已经跟之前的样貌不一样了。每到那时候我祖母的话就又会涌进我的耳朵——“总有一条道路是你没有走过的。”

每一节逃生训练课过后就是作文课。我想云城大概是最为重视语文教育的城市了，只可惜每一堂课重复的都是那一个主题。

“如果云城沉没”。

我不知道这个题目我写了多少年，或者其实我还帮别人写过，总之，长此以往我觉得云城是真的下沉了。可惜每天我走回家，路过解放东路，听到的那句广播总是——“专家预测云城开始下沉。”

“专家预测云城开始下沉。”

这分明是一个病句，已经开始下沉了，怎么还能叫预测。

我记得我是在一次作文课的末尾提出了这个质疑，但只换来了班主任无情的白眼。她是语文老师——我不知道为什么那些年班主任总会是语文老师。只是无论如何，我付出了代价，我的作文没能再成为范文，原因是：对主旨认识不清。这让我很懊丧，逃生训练的乐趣因此减少了一半。但无论如何，在这样强大的教导之下，跑步成为生活中和语文数学一样重要的课程。体育老师们在那些年成为和云城一些花白头发戴假牙的专家一样的“幻想家”，他们会在每节课上用三分之一的时间讲述云城下沉的种种可能方式。但我总是想不明白，既然云城都下沉了，我们再跑能跑到哪里呢，或者还不如来一队直升机，也许可以把人带往安全的地带。但无论如何我还是记住了体育老师们的一种说法，他们说，云城将从西城区开始沉陷，接着一路蔓延向东城区，当那条路线完全打通，那将成为云城的一条天然护城河，而紧接着，两岸会渐渐被护城河水冲刷下去，直到云城最后一片泥沙殆尽。

这真是一个强大的预言，伴随着它的种种细节也渐渐从我的小学时代丰富到我的高中时代。每一次我都能感觉生活在四处鸣响的环境中，周围拉满警戒线，但可惜每一次，解放东路的小喇叭里都仅仅带着“开始”二字，送我回解放西路的家。只是每年小喇叭也总会安静一天，那就是云城一年一度的夏季长跑运动会。那大概是一个真正热火朝天的日子。

我记得那样的运动会举办过十次，主要是长跑，也会有一些田径方面的别的项目，作为附属。但云城人显然更看重长跑，其中更看重的，除了市政府的领导们，就是各位毕业班的家长了。按照奖励政策，小学组的冠军会被云城中学初中部直接录取，初中组的长跑冠军可以在体校和云城中学高中部选择就读，而高中组的长跑冠军可以直接进入云城体育学院——这虽然不是多么好的学校，但在云城，谁都知道体育学院的留校名额多，毕业了在学校简单教个体育，带学生跑跑步，都能换来不菲的薪金，这对于很多向往安逸生活的学生和家长不能说是没有吸引力的。

而自从那次作文课之后，我对于学校生活就渐渐丧失了兴趣，最大的乐趣就是离开那里，这让我对逃亡训练又兴趣盎然起来。最明显的一次，我从学校跑出去之后，连作文课也没有上。那一天我跑遍了云城所有的大街小巷，跑到解放东路的时候，小喇叭也没有响起。那时候我才想起来，那一天正是一年一度的长跑运动会。我赶忙跑回体育中心，发现已经有不少迟到的人站在外面排成了纵队。为了躲避这场体罚，我扯了谎。只是没有人意识到这是一个谎言，我的班主任甚至也对我表示出了一种迫不及待的尊重。我说的是：

“我跑遍了云城。”

一时间，我的这句话在我所有的同学、所有的老师、学校里所有的领导，甚至包括主持全市逃亡训练的领导间传开了，我妈妈说，那一天的小喇叭都报道了这件事。可这件事带来的直接后果还不是这些，而是我代表我所在的小学参加了长跑运动会。这让我万分心虚，可我想我是没有退路的了。

那一天骄阳似火，到了黄昏也还是很热。体校的示范队先跑过了，接着我所在的小学代表队也跑过了，我的老师和同学，他们都不住地朝我泼水。只是每个人的眼睛都是眯起的，而云城也就在这样的眼界中，成为一条缝隙。

那一天很多人到最后都倒下了，好像我也是。我在人民医院躺着，迷蒙中有东西灌入了我的身体，它们是涌动的，带着不止息的湿热和律动，在我的身体里渐渐睡熟了，一如我的梦境。只是我想我还是幸运的，每一组进入前十名的选手都倒下了，甚至连体校那些作为示范的学生都有些不堪重负，而我所在的小学组，只有我一个人坚持了下来。一时间，云城的各大报章都在讲述这一场“不人道”的比赛，在接近四十度的高温中举办长跑赛，但很快，对此的讨论就冷却掉了，如我那天感受到的我的身体。医生说我是脱水了，我的母亲陪护着我，整夜没有合眼，这让我难过，可她却愉快地告诉我，我可以直接进入云城中学了。只是这没能让我兴奋起来，等我再度醒来的时候我的身边已经放满了鲜花，我只期待我重新上学的那一天，不会再受到这样特殊的“礼遇”。

我这一桩愿望是实现了。

很快没有人提起我获得的荣誉，没有人提起我是因此住院的。这让我重新难过起来，并且，我并没有进入云城中学。我妈妈甚至举了横幅去控诉学校，可惜没有人理她，这让我很难为情。她不知道的是，因为这场事故，长跑赛从此取消了，作为奖励措施的直接录取，也随之取消了。对我而言，那个夏天的末尾带给我的，除了父母动用人际关系把我搞到了体校——因为长跑赛，他们觉得我十分有运动天分——就是捡到了那本画册。

或者那其实不算画册，图画是模糊不清的，而且画在每张白纸的极狭小处，不过还是能看出来那是一个女人的侧脸。只是最清楚的依旧还是文字。我照例走在前往解放西路的路上，郁郁寡欢地想着以后在体校暗无天日的日子，接着我就踩到了那本散落一地的画册的第一张。似乎没有人看到它们，我就这样一路捡到了最后一张，那应该就是最后一张吧。再一抬眼，我显然已经身处解放东路，小喇叭又响起了，只是我没有听到那句话。

“云城正在下沉。”

我捧着一堆写满字画的白纸，突然觉得那就是一个传说了。

画册里的故事

那一年很多事情都没有改变，比如我依然没来月经。但那一年也确实发生了很多事，比如，我的母亲死了。

很久之后，甚至连我自己都学会了用声泪俱下的腔调讲述一场事故。我想我终究是成了和我母亲一样的人，像她生前所一直认为的那样。我不知道我应该是厌恶还是豁达地接受这个事实。但总之，在许多个场合内，我开始宣扬我的这桩伤痛，竖起我黑色大衣的领口，把黑发高高盘起，一根都不落下。额前也是梳得光洁，身上的饰物只有右耳上打的一串铂金耳钉。它们密密麻麻地从我的耳梢爬上了耳骨。我抓住一切机遇讲述我的故事，这成为一种习惯，或者在很多人看来，是我的病。可他们往往还是选择了做我的倾听者，甚至是慈善家。黑色大衣下我总是穿着长裙。有人说，如果我在裙子里加上骨架，这就真的是一件行走的古董衫了。我喜欢这种说法，而有一年我真的那么做了。我把身体裹挟在一个类似花瓶一样的黑色长裙中，要求裁缝在上面绣满银白色的花纹，加入雕花的木质藤条骨架。我穿着那件衣服走满了那一年的白天，感觉云城都离我越来越远。

那时候，我母亲已经是一把皮包骨。每天晚上我都要坐在床沿为她读一段她曾经写下，或者收到的信件。她一整天有三分之二的时间都在昏睡之中，那时候她已经只能吃流食了。云城的医院直到最后也没能查出她到底得的什么病。但我母亲是一个固执的人，就好像这种检查的失败也同样是对她——一个医生的侮辱。她始终还是觉得，她应该相信这里的医生，就好像是相信她自己一样。这让我痛苦不堪，尽管我一直都不喜欢她，尽管从小的时候，我就不得不虚情假意地在周记中写道，我的母亲是一个美丽的女人。当然，后来当我学会了一些新词之后，我就开始写，我的母亲是一个美丽而神秘的女人。但无论如何，她是我唯一的亲人，我外出买的任何一件东西都是双份，那不会是给我的闺蜜，也不会是给我的男朋友，只是给我的母亲。母亲大概在前些年就已经放弃我会带给她一个优秀男友的愿望了。那时候我恰好交了一个男朋友，是云城汽修厂设计部的设计员，整天就窝在屋子里画图纸。他是个神奇的人，一点也不懂电脑，每一次他满头大汗地画完稿就要求我给他扫描上去。他性格羞怯，在厂里工作三年，居然没有跟同事讲过几句话。这也难怪，汽修厂的那些人比我穿得还古董，又不会主动跟人搭讪，真是一个憋闷的地方。我母亲很不喜欢他，觉得他比我大了六七岁，面相又老，性格却又似长不大一样，有时候甚至需要我照顾。她说得没错，但我觉得这很可爱。我们为此争执了一年，但我很少正面跟她怄气，只不过我还是跟往常一样约会，情人节也照例把玫瑰花插在那只干涸的花瓶里。我母亲坚持认为她是因为我气病的，并宣称她每次梦里出现的鸣叫也都是因我而起。我对此表示沉默。那时候她已经必须要人照顾了，我在职校读书，每天都要早早回家先把她安顿好才能做我的事情，没有我她吃不成饭。

她也早已丧失了阅读的能力，需要我读信。并且，从那之后她就开始仇视我了，袜子总是不换，身体也像发霉了一般。有一天，我给她洗干净了身体，也还是发现那种气味。我知道，她只是要老掉了。

关于我一直没有月经这件事我也很发愁。我询问过母亲每一个旧同事，也吃过很多药，开过很多单子，但都不见效。这让我始终无法从心底认可自己是一个女人。我尝试着穿一些鲜艳的衣服，可这一举动把我男朋友给吓坏了。那是一个周末，他刚刚从一沓图纸上抬起头，我穿着大红色的裙子，下面蹬着高筒的长靴，头发还是盘起来，脖子上冒出了汗珠，但我觉得这让我整个人看起来很清爽。但他只是睁大了眼睛，好像看到了怪物一样，一点想要亲近我的意思也没有。这让我很生气，甚至想揍他。他躲闪的样子像一只小猫咪，我揽住他的肩，他缩了一下，身体很僵硬。我感到好笑，想采取进一步的措施。但我又想到没有月经这件事，突然很烦躁。他似乎看出了我心情不佳，于是变得温和起来，渐渐又凑近我了。他把我拉起来，将我的头按在他的胸口。我听到了他一阵阵呼吸，烦躁的心又重新安静了。我们站着抱了一阵便躺倒在床上，他把我放在他的腿上，让我覆盖了他的全身。我们就这样吻了一阵，他闭着眼睛问道："你想要吗？"

余晖在屋顶处徘徊了一阵就走远了。我感到很冷，便抱紧了他。接着，那个声音开始飘了起来，它好似顺着一缕金线渐渐把我身体的缝隙拉开了。指甲间呼呼的风声，也让手指有了冰凉而尖利的疼痛。那像是两颗咬住我的牙齿，咻咻地叫了起来。我觉得我正在被稀释，而鸣叫却突然刺破了我的一阵耳鸣，我的世界里便只有这个声音了。它一点点把我覆盖住了。

我推开了他，并很快穿好衣服。

那之后我没再联系他，我换掉号码，不知道他有没有联系过我。我和母亲的冷战在那一年末尾彻底平息。因为那天晚上我打开家门的时候，发现她已经躺在浴盆里。

浴盆中冒出腾腾热气，和母亲身上的冷气互相竞争。我颤抖着给医院打了个电话，救护车来到的时候，我甚至觉得那是警车的声音。我穿着拖鞋下楼，几个人呜啦啦跟我走了上去，母亲还是躺着，一时间我觉得她好像突然就可以站起来了。

接下来的日子变得飞快，我继续穿着黑袍出门，并且愈来愈贪恋它。伴随着鸣声，我觉得身体像是长成了某种植物，愈来愈不喜光了。即使是很少的阳光，也能让我汗流浃背，这让我厌恶起我的身体。渐渐地我也不再怎么出门，毕业的头两年，我是依靠母亲留下来的一点钱生活的。直到有一天我决定还是要出去谋一份工作，那一天我觉得整个身体都满是异味了。我打开快要瞎掉的灯泡，整理出了一份我的简历，顺便整理出了一沓泛黄的稿纸。看起来那似乎是写给母亲的，但总觉得又不太像。蓝色墨水也有些褪色了，第一页写得比较密，后面就渐渐疏朗起来，甚至沾有层层的水渍，并且只在左上角的空白处署了名——

林××，这是父亲的名字。一般情况下，母亲生前回忆起他时会用“林”来指代，当然，当她回忆起那些让她气愤的细节时，她会直接用“某”来指代父亲。每当那时候我都尽量躲母亲远一点。

发电机
（林）

那时候我每天都要路过一条沥青马路，那里曾有一个大转盘，我已经忘记它的样子，只是人们总还是喋喋不休地说着，转盘那里，转盘那里。

如果我愿意走慢一点，总会看见从玩具厂拉出的大桶铁管。它们将会被运往校场口集体炼成“钢材”。当然，它们最多也是在领导视察的时候被摆上台面，称一下体重，接着就“打入冷宫”了。

我目睹过很多这样的“钢铁”的诞生。云城玩具厂因此很久没有生产过有金属骨架的娃娃了。但很快，伴随着炼钢运动，云城涌现了很多软骨症患者，人们都说，这都是因为玩具厂老生产“软骨娃娃”的缘故。当然，最开始这样说的人最终被枪毙了。他死之前，我们学校组织去看了审判会。他的头始终低着，头发也好像很久没剪没梳了。整个审判会我都在研究如何看清楚他的正脸，可惜失败了。黄昏的时候，那声枪响就传遍了全城。

那时候已经没有多少人读书了，而我妈也开始变成一个很无趣的人。她最喜欢做的事情，就是在我每天出门前勒令我站在墙角，看我有没有长高。

一个平常的早晨，我经历了一夜梦中"抛物线运动"，看起来很累了。我抬起手臂想要伸一个懒腰，却赫然发现手腕已经触到了墙壁，而当我站起来的时候，却发现门梁才到我的眉毛。后来每一次回想起来，我都觉得这是一场噩梦。而与此同时，我的骨骼开始渐渐粗壮起来，它们像是晾衣撑，把我身体的空隙张开了，我总觉得身体里面很热闹，仿佛有很多气泡，伴随着城市里的各种声音，搓麻将的、炒鸡蛋的、晃动床板的……甚至，金属碰撞的声音。而在所有声音的尽处，是一声枪响。在它之后，所有声音便都消隐了。

伴随着这种惊诧感，整个云城的少年都拔地而起了，他们像是肿瘤一样在这片土地上膨胀着。不再有好事的母亲去测量他们的身高了，晾晒在外的被子到处散发着隐秘的气味，甚至有更小的孩子去比对上面污痕的大小。这总能引来少年们凶恶的咆哮。以至于很久之后，我忘却了那一波又一波的声音，只记得它们的名姓，却无法忘记这些咆哮少年们各式洪亮的嗓门。每天早上，他们都要摆出各种姿势前倾着身体对着镜子挤脸上的粉刺和青春痘，然后一个个鲜血淋漓地狂奔出去。我在云城很多街巷都看到过他们，我唯一难过的是我总是要站在他们中间。很多的声音在我的周围炸裂开，我觉得云城就是一个只有声音的、炎热的地方了。只是没有人能理解我这种焦躁的心情，他们倒是宁愿我是皮肤太油腻了，才会不断地喊热。当然我也相信他们必然不会试图体会我的心情，就如同我也不能体会他们一定要结群组帮一样，甚至连这些青春痘，都要生长得这么一致。

那时候云城刚刚通电，而电总会无缘无故断掉。发电机被放置在合适的位置上等着随时被取用。在铺天盖地的嘶鸣里，这些声音总是呈直线状进入我的耳朵。我躲进家里最阴处的一个水缸里，不断撩起水往身上浇，可还是觉得每个毛孔都是堵的。它们像是不知餍足的植物，把阳光变成加热器，把雨水变成汗渍，好像每个毛囊都塞了肿块。

伴随着断电，水也没有了。一到最热的天，我妈总要把后院所有的木桶都存上水。这让我一整个白天都能待在水缸里。我的女朋友总会攀上那座墙头跑到水缸边跟我接吻，她的嘴唇很厚，每一次我都知道她又吃了韭菜馅的饺子。她跟我说发电机响起来了，并勒令我跟她一样张开鼻子。这让我觉得很无聊，但为了证明我是喜欢她的，我还是照做了。在我闭上眼之前，我的目光落在了我家的墙头。如同很久之前我看过的那样，个子依旧没长，脸还是很白净，没有青春痘没有粉刺没有暗疮。只是他用一种陌生的眼神望着我，让我不禁有些害怕。

可他不是别人，他是徐获，他是小火。

如同有一天，我周围的人也不再叫我的小名一样。小火这个名字就这样突然被遗忘掉了，甚至连他曾经最亲密的老师、带着他回到云城的父母，都不再叫他小火了。甚至他们也不再叫他原先的学名，他在另一座城市改了名字，却又回到了原来的地方。这让我觉得，我之前所认定的一切都变得毫无根据可言。

我的记忆不再有证人，也便失去了被证明的机会。

我的青春痘在那个季节终于陆续死去了，并在我的脸上留下了一些浅淡的痕迹。但无论如何，这让我终于敢在云城的太阳下昂起了头。而在漫天的知了声中我只听到了角落里羞怯的声音。

林叉叉。

他最终试探性叫起我的外号。而跟以前不一样的是，我也不再生气，甚至倍感亲切，好像这是我们的关系重新亲密起来的标志。可他还是没有完全抬起他的头。我也没能看到他翕动的嘴唇，只看到他手中的玩具望着我，仿佛在发声。

可我突然有些不舒服，我没有看到他青春痘的年代，没有看到他为床单上的污渍怄火，更没有看到他反穿内衣，不刷牙不洗脸走进人群。他还是像我最初看到的那样单纯，而被掠过的人，却成了我。

我的女朋友显然还沉浸在与我接吻的炽热之中，丝毫没有看到这个跟所有人不同的腹语者。这让我突然对她有些厌恶，可我还是再一次迎向了她厚厚的嘴唇，并深深地埋下了头去。

那之后我看到过很多次小火的表演，或者也不能说是表演——他只是不断绕着云城的大街小巷念叨着许多人的名字。那无疑都是他曾经的伙伴们的小名。听起来最像学名的，应该就是我了。

林叉叉。

有时候我会觉得那是一次倒流的机会，让我跳跃到他所说的那个时代里求证。比如，那棵老槐树，到底是不是我烧掉的。

我再也不敢在同样的水缸里待两个钟头了，因为一旦超过这个时间，水缸的水温就突然变得很凉，我不得不躲进我家的地窖，直到有一天我妈领来一个五官不错、腰臀一条直线的瘦高姑娘说，你们接触接触。不久之后她就读起了书，并自学成了一名医生，解放路的喇叭里播放过她勤奋的事迹。只是她似乎除了向别人埋怨我之外，就再不会提到我的名字了。但这也足以让我满足，比起被忘记，这也还是好得多。只是，在我被送到疗养院的那一天，我在一家玩具店看到了小火的娃娃。我看见它被洗干净放在了那里，向我张开了手臂。

三、拾荒者

每天太阳升起的时候，他都会把前夜整理好的“垃圾”分配给我们，而所谓“垃圾”也不过是小说家写掉的稿纸。

小说家的故事会通过我们流入云城的大小餐馆、洗浴中心、按摩城、托管所、各大中小学。但是最终，这些手稿无一例外都涌入了垃圾收购站。那是我和我的同伴们最熟悉的地方。

通常，小说家的故事都不长，而且没有一个故事是完整的。小说家说，他的故事没有出口，而且任何开始最终都会回到同一个地方。我想，他说的那个地方就是云城。

我从来没见过小说家走出他三十平方米的家，我们只有在分配“垃圾”的时候才能看到他。我不明白小说家为什么要以这样低廉的方式传播他的作品，我总是希望能在云城哪怕是犄角旮旯的杂志上看到那些故事，可惜我从来没有在云城任何纸媒上见过小说家的作品，但也正因此，没有人觉得他是一个小说家。但那只是十年前。

十年之后，所有人都知道了他小说家的身份。因为云城人发现自己一直都熟知着小说家的故事。只是因为一直没有人提醒他们，让他们淡忘了那些曾经在街头巷尾捡到的字迹潦草的笔记本。许多个夜晚藏进被窝听到的大人讲述的奇怪传说，实际上出自一个不入流的小说家之手。以至于他们都不知道自己多年被教导的不能传诵的传说，其实一直是城市里一团团公开的秘密。人们发现这一切的时候都哈哈大笑。当然有人是没有笑的。我记得那是一个下午，或者是黄昏快要降临的时刻，也许那其实就是小说家的身份被发现的那一天。我像往常一样行进在云城最笔直的那条马路上，洒水车的声音在我身后响起，我习惯性躲向路边，但奇怪的是那声音只是一直跟随着我的身体。那一刻，云城很安静，仿佛平日里的各种噪声都不见了，便是人们的议论声也没有了，我也听不到附近职业学校食堂盛满一桶桶剩菜的蓝色小卡车的声音。

我谋到了可以让我坐下来的工作，那一天正是我作为拾荒者的最后一天。我通身愉悦，但显然这轻快也没有持续多久，洒水车很快把我的裤子溅湿了一半。懊恼之中，我看到有人从后面走过，她的头发很长，穿着雪白的裙子，在水洼里跳了两跳才算止息。衣服三分之二都湿了，刘海儿也贴在额前，肩膀擦过我的臂膊。我总觉得她似曾相识，觉得我们应该有一场交谈，但可惜没有，直到那条路快走完的时候她才突然放慢了脚步。

你听说过火兽的故事吗？

我这才突然又想起了小说家。我说，我很久没有看到他了。

她低下了头，跟着我一同走进了垃圾收购站。云城的垃圾回收制度一直都是严格的，各种类的垃圾都有专人负责回收，最底层是我这种直接代为收购的，往上便是各个街区的代表，再往上就是我们的头头。小说家消失之后，这里的垃圾就少了，只是当时没有人对此提出疑问，或者谁都不会相信小说家能承载起云城一半的白纸消耗。而也正是因为想到了小说家，我突然再次想起了那场事故。

小说家有一个习惯，写废的稿纸是一定要烧掉的。他在黑夜中点燃了一张稿纸，在它即将离开窗台飘向夜空的时候，窗帘就烧着了。当然，其实我并不知道这种说法的确切性，因为这只是刑警队的推论。甚至有人说，小说家是故意让大火烧起来的。

那一晚对云城很多人而言都是难眠的。除了我八岁的儿子为审判会上处决犯人的枪声感到紧张，未曾听到城市深处低哑的呜呜。我觉得那像是燃气管道烧起来的声音，但这一推论却被我儿子极力打断了。他义正词严地告诉我，这是火兽的声音。因为云城就是一只大火炉，白天这些兽周身都是汗水，只有夜晚才能舒展筋骨。我对此嗤之以鼻，觉得这必然又是发烧起来容易说胡话的儿子又一番杜撰罢了。可那一天他却拿出了证据，一本未被我和我的同行们送出去的小说家手稿。可我却觉得心突然就被揪紧了。

小说家写的是，拾荒者。

拾荒者

拾荒者每天都能听到来自地下的声音。这让他无法正常睡眠。

他所属的队伍位于城市中心，每天早晨他们都要在那里集合。在云城，任何人都是可以被规范成集体的。这些捡垃圾的人，他们被划分成拾荒一队和拾荒二队。每天都要从城市的四面八方奔赴市中心集合，接着才能回到他们的辖区整理市容。但他们显然又和清洁工不一样，因为他们是从废物中挑选出可以继续使用的东西。他们的双手沾满了不同的气味，并一路把一个气味带到另一个上面。

那时候城市还没有通电，喝水也来自压井，每天早上，压井的声波一家碾过一家，最后轰隆了整座城，有时候拾荒者会觉得城市是晃动起来的，有一种被掀翻了的哨音的感觉。

拾荒者懂得任何一条进入城市中心的路径，甚至他也可以指出自己听到的声音是从云城哪片地下传出的。他会在纸上简单画出声波的路线，然后把自己的耳朵画得很庞大。看起来，就像是所有声音的活塞。但拾荒者说，他这里是只进不出的。很多时候我觉得，如果他的耳朵消失了，那他也必然不被看见了。拾荒者生活在匣子小区，身体只是一团声音和气味的磁场。匣子小区是没有窗户的，多是外来务工人员租住的小套间，房租很便宜，因此很受欢迎。

因为没有窗户，小区里很多人都要把门打开，每次他们打开门的时候，拾荒者都能猜出他们之前做过什么，甚至正要做什么。因为他们无一例外都从拾荒者那里拿到过卖废品的钱。但这只是之前。

而对于拾荒者，时间是需要从黄昏开始算起的。地心的声音突然从他的耳朵中消失了，取而代之的是炮声。它们从城市最南端出发，一路狂奔，伴随着只有夏季才有的湿热的风，把所有的气味都聚集在拾荒者的四周了。一时间，拾荒者觉得自己失去了判断力，他甚至只能跟着这一团气息走。而其中最清晰的一条通道，来自那阵浓重的松节油味。

很久之后，拾荒者会带着这种漫不经心的口气把他捡到的油画摆在别人面前。他在画框的背后写上捡到的日期，把它们按照时间拼接起来，正面的画面终于清晰起来——一个人披着浴巾，露出泛着潮红的肩膀。

很多个夜晚，拾荒者都在对这幅画面的凝视中渐渐疲惫，继而熟睡，并在闷热的夜里醒来。有一天，他拿着家伙，把靠外的那面墙壁打出一扇窗户的空隙。

这一举动把整个匣子小区都摇醒了。一时间，人们都不再满足于敞开的屋门了。他们甚至去市政府门前静坐，要求获得阳光使用权。当然这只是个闹剧。但拾荒者却成功地在家里打出了三扇窗户，每天当他要拉起窗帘的时候，总能看到不远处欣羡的目光。这便是匣子小区"革命"的开始，人们也在经历了第一次辗转反侧之后决定像拾荒者一样争取到房子的"阳光使用权"。

伴随着钻机的巨大响动，匣子小区的房东们来到了这里，他们在小区门口吵嚷着，可他们的租客依然狂热地在打洞。拾荒者感觉这个声音一点点穿透他的耳朵，他甚至觉得里面流出了血，它们染湿了他的枕头。他在满是腥气的枕头上抬起头，觉得自己浑身都被打通了。那里还有人在吵，但似乎没有人注意到他走了出去，没有人注意到这个开启了"革命"浪潮的领导者，从匣子小区走了出去。

没有人理他。甚至他再提起别的事，也不再有人理他。人们好像一时间都忘却了他的存在。匣子小区的人们还没来得及庆祝自己终于有了窗户有了阳光，他们也被整座城市遗忘了。邮递员也不再往这里递信件了，那个邮箱从此就是空的了。

只是他们还是来去自如，不会有人阻挡他们前行。但他们甚至可以随意拿起食物食用，不用付钱，也没有人发觉少了些什么。也不再有别的人来这里收购废品，所幸这里还有一个拾荒者。

他刚刚通畅的身体重新寂静了。他所能搜集的气味来源，突然只剩下了匣子小区里的人。他从匣子小区往南走去，那是他捡到第一张油画的地方。可现在那里不再是一个收购站，也不再有垃圾堆。这条路显得比应该有的长度要长一些，他突然觉得自己眼前排满了一幅幅油画，它们就是一个由近及远的距离。他往前走着，直走到昏黑的路灯下，看到了一个被窗户框住的女子轮廓。

浴巾或者是围巾，从她的肩膀一路滑下去，让她的身体像一具刚拆封的白色巧克力。拾荒者认为自己是认识她的。但女人没有转过身，接着拾荒者便看到了男人。

他转移了视线，看到小区里的屋顶上生满了绿油油的藤蔓，凉风的吹拂让他感到舒畅。他很快找到了房间的入口，匣子小区的钻孔声再次涌进了他的耳朵，配合着眼前男女的行事，拾荒者觉得空间越来越大，直到一束光突然照向了他。

那是一张细长的脸，眼睛很大，也很漂亮，只是有些疲惫。她背后是浴缸，浴巾已经被打湿了，但浴缸是干燥的。男人不知跑向了哪里。拾荒者突然又不知所措起来。他站在房间的中央，接受着这样一场审视，终于不得不想要逃。

可他终于还是没能走多远，大火在他身后烧得耀眼，绿色的藤蔓纷纷坠落，无数火球从上空渐渐往下落，只是没能落很远就变成了灰烬。拾荒者熟悉这种声音，是孔明灯在空中自燃的声音。他突然觉得自己有使命再冲进去，可他只是再次听到了地下的声音。它们混合着钻机的声音和床板的摇动声，吵闹而跳跃。可他还是准确捕捉到了最尖锐的那个声音，它明晃晃的，像是一个小动物，“咻咻”地叫了起来，接着世界便欢快起来。

四、伴娘

垃圾山已经拆掉了。城管办公室的人好像突然醒悟了，短短半个月，它就被夷为平地。

我二十三岁，业余的时间总是被各种各样的相亲饭局填满，但我总会找理由搪塞。我可以挑选一个条件相对合适，又能看得上我的男人约会，毕竟作为本地年轻女孩，我有着必要的吸引力。但我却觉得简直像活在精神病院。而我的女伴们，都有着相爱的对象，有的人还死去活来。我对此谈不上羡慕，只是知道我情感的贫瘠，但这不是失败。而每一次看到我露出仿佛落寞的表情，她们便会一股脑地叫道，××不错，×××也不错。这让我有些厌恶，因为她们提到的人，让我想起她们面貌不算出众，才能也没什么可圈可点的男友的样子。这让我不得不想起徐获。

那一年我才十八岁，徐获还是博物馆的解说员。每一次讲解的时候，他总是压低着声音，但每一次，我都觉得声音清晰无比地撞击着我的胸口。

那时候我刚进美术学校，课程并不很多，倒有很多去博物馆的机会。我和我的同学们站在博物馆的二层画下面流动的人群，有时候我会看见他朝我们这里望。每一张速写上，他都是那个我用笔最重，站在黄金分割点上的形象。这让我总觉得我始终还是在画一个人。仿佛设置了很多机关，对了很多暗号，最终也只到达一个简单的效果。

有一次，我站在博物馆最靠窗的拐角，突然闻到远远飘来的、属于垃圾山特有的味道。许多次我试图向我的同学们描述这种气息，那像有横穿我肺腑的、轰炸一样的力量。他们都觉得我有病。甚至他们会时常忘记垃圾山，而不像父辈、祖辈，依然深刻记得各个年代糖果纸堆砌起来的五颜六色的山包。他们多半会抬起半张沾上铅笔灰的脸恹恹地说道，谁放屁了吧。

久而久之，我对自己的嗅觉产生了怀疑，甚至连听觉也不相信了。有一天，我的视觉都是混沌的了。我总觉得垃圾山像一座装置品，裹上彩带倒立在了我的面前，而在它的前方，云城各种建筑物都开始了它们的改建历程。无数房屋上写着大大的“拆”字，无数休闲跑道变成大厦，无数田地今年还开着油菜花，第二年就变成了居民楼。而同样，垃圾山也以它的牺牲换来了云城电视台的崛起。十年之后，有人把这一场变革概括为：云城发电机时代的终结。当那句话伴随着广播和电视机传达进我耳朵的时候，我觉得我眼前突然就展现出了一个工厂，它变得越来越庞大，足以把我覆盖，我也因此对它再次视而不见。

二十三岁快结束的那个月，我把一沓沓相亲资料打印出来放进箱子，到第三个箱子装满的时候我终于决定去见一个人。

那一天很阴，我坐定半小时之后他才来。他很瘦，穿着长大衣，有点土，看不出年纪是三十还是四十，他甚至没有问我的喜好，只是很唐突地说，你应该是认识她的吧？他指着手机屏幕上的女人道，这是我的妻子，我想相亲网站的红娘搞错了，我只是为我妻子寻找伴娘的。她没什么朋友，你是我觉得可能跟她有联系也不讨厌她的人。

女人我是认识的。她和我读过同一所学校，但早毕业几年，住在云城最长的一条地下室街，很少出门，服装很特别，但是没有人看过她下巴以下的部位，她总是穿得密不透风的。他匆忙写下了字条，上面写着十天之后在云城酒店举行的一场婚礼，我的名字写在那个女人的旁边。然后他就很快地走了，只是留下了一个红包和一本杂志。那是一年前的《艺术世界》，我和女人的画同时登在一个版面。

十天很快就过去，我穿了普通的衣服去。婚宴开始前，不远处走来了一排嘉宾，最末尾的是一个戴着礼帽的男人，看起来有些年纪了，头发也白了一半。我定了定神看他，那个名字也再次被打捞起来。

徐获。

时间应该是静止的了。即使是很久之后我再回想我的过去，也只能在这里显示白屏了。那大概是学生时代我第一次看到他的身份证的时候，上面的字几乎把我撼倒。

一九六〇年七月二十三日云城市城中区××院十九号。

这张身份证被我看到，还是因为他号召全校学生放孔明灯引发的事故。许多孔明灯升起来，烧完了一整条绿化带。我并不相信那些微弱的火焰真有这样的魔力，但徐获没有反抗，他几乎是在一种平静的状态下被带上警车的。从那之后，博物馆不再有徐获这个名字。他也没再出现，也或者出现了我也没见过。他看起来并不老，所以我没想到他居然比我大这么多。他的房间常年不开灯，唯一闪着的，是一柄白色蜡烛。火光总是把他的影子拉向窗外，让不大不小的院子都充满着他的身体。

可是此刻，他带着符合他实际年龄的面容走在我的前面了，而且似乎并不认识我。让我帮忙的新郎指引我站在新娘身边，新娘很虚弱，旁边的纸篓塞满了湿巾。徐获显然是一个特别嘉宾，站在一行人中间，仿佛依旧还是在那条黄金分割点上。我突然觉得记忆的闸门被打开了，可我站在这样热闹的人群中，却再也发不出声音。

仪式已经开始，新娘僵硬地笑着，脸上的妆已经花了一半。徐获站在我前面，而我依然还在问他，为什么房间里有这么浓重的火药味。我被呛得流出了眼泪，新娘还是平静着，只是好像身体越来越轻了。新郎看起来是焦躁的，有人冲进来收拾垃圾，整个会场变得十分混乱。

好像垃圾山的味道又飘来了一样，鸣叫在我身边四下散开。新郎护着新娘，徐获再次不知所终。我觉得他必然还是站在某个高处的。站在那里，燃烧他手中的白纸。可惜我没有在楼上看到他。我想起那些密布在他后院的水缸，它们一个个都不见了，好像他被带走的夜晚它们就都不见了，只是从那之后，那里的水仙就不用盆栽了，它们直接被种在盛满水的院子。满院子的水仙，开得茂盛而清丽。

五、码头河

云城没有码头。当我开始这个行当之后就有了。总之，那条河来的时候所有人都还在梦中。那是云城历史上最大的一场水灾。远远近近的船只把整座城都压在了地下，各种城市隐秘处的生物也都出来活动了。大概也只有在自然灾害到来的时候，万物才可能接近平等一些。

只是那场来势汹汹的洪涝很快就被制住了，但云城却永久地被一条水流穿了过去，并且这条河一路延伸，居然跟汝河接壤了。头头们把这条天外来河命名为码头河。一时间，云城人人都以此河为荣。甚至在云城打出的招商广告上，码头河赫然占据了重要的位置。而在不远处，居然就是蒙着彩色丝带的垃圾山。

垃圾山是那几年重新造起来的。有人在上面办了民工小学，只是地基不稳，小学现在已经成了危楼。体育学院的生源在那几年吃紧。我居然幸运又不幸地成了那里最后一届学生，享受了这座城市最后的一条塑胶跑道，而那条跑道也在不久之后跟体育学院一样被砍掉了。云城经历了四通八达的改革，路变得越来越少、越来越宽阔、越来越崭新。城中区少年也长大了，发电机的声音偶尔还是会响起，但能听到的人已经很少了。

毕业后很久我都找不到工作，这个城市不缺体力好的人。很快我接受了一项兼职。

和很多人一起，运送一些特殊的尸体从各自不同的医院太平间出发前往殡仪馆，一天一百块，我不知道这是多还是少。那是一个周末，天气有些凉，这让我的父母都没有了睡觉的意愿。我几乎是逃了出去，再走到解放路的时候才发现原来喇叭还没有拆。我继续走着，直走到路的尽头，才看见我要驾驶的运输车。

据说，那里面是一男一女，应该是一对父女。女儿的母亲早就死了，好像是得了什么病，生前体内一股子火药味。据说这对父女生前吵得很凶，一个说对方说得不对，另一个不听，仍是继续说自己的话。

从这条路往前再走点就到码头了。我将从那里带着他们坐船到殡仪馆，云城人的生死就这样被分割开了。我拉紧了衣领，知道她们很快就要走进焚化炉了。搅动手柄的时候火焰一下子蹿得很高。两个人的肋骨滚烫着被挑了出来，据说，很快就会被送往医学研究所。

《两把骨头》

按照父亲曾经的说法，我早晚会像他一样消失掉。他说，那就像是跟随着一个影子，看它缩小，接着自己也瘪下去。最后像这么大，他用手指在空中画了个小圆圈。

父亲说，地下室街更适合我们居住。我就去那里了，并且再没走出来过。唯一的一次，是去找他，我眼见浴缸里的水渐渐烧开、烧干，仿佛一起融化的，还有我的臂膊。每当这时候我总是需要交流的，可是那时候往往没有人，我又要不自觉地鸣叫起来。毕竟鲜有人能听见鸣叫，而即使听见了，他们也不会做些什么。可我不喜欢这种隔离的感觉。

我做过很多的梦，梦里我从泛着潮绿色的小幼儿园跑过，一直跑到发电机年代里，那最大的发声场所。我整理了我所有的记忆，把它们交给他的时候，记忆就再也不是我的了。

六、垃圾山

依然像从前一样，即使垃圾山已经不在了，人们也还是把这片土地叫作垃圾山。它就像是城市的原配，在殡仪馆附近屹立不倒。

在我小的时候，云城人都会做挑选时间的比赛。因为垃圾山的前身就是糖果一条街。无数张糖纸堆叠成了它五颜六色的外表，孔雀园的孔雀每次看见它都要愤而开屏一次。我不知道这是多少代的夯实才能让它如此坚挺。但显然，除了水灾，没有人能撼动它。而在挑选时光的比赛中，每个人都能根据喜好找到属于自己的糖纸，首先是猜测年代，接着便可以拿到古董行去检测。在云城，任何属于旧时代的遗物都是古董。人们崇尚过往的痕迹，它们被尊敬，甚至成为信仰。后来云城展开过一次拯救垃圾山的行动，码头河干涸之后，很多人聚集在那里寻找每一张糖纸。只是这一次，垃圾山只能成为标本了。云城人捐钱建造了一所糖纸博物馆。挑选时光的比赛变得更干净卫生，乐于被妈妈们接受，玩家更多了。遥记得第一家游戏厅就是这样红火起来的，接着第一款属于云城的网络游戏也风靡起来。

那时候云城人人都以这款游戏为豪。但正因为太熟悉了，谁都知道将发生什么。这导致游戏在原产地只是一个被口口相传的标本，升级变得很困难。因为玩家不会去选另一种故事走向，他们沉浸在自己熟悉的认识里。但云城人显然又具备一种能力——把任何游戏套入挑选时光游戏之中。他们觉得，任何游戏都不过如此。因此云城的小孩，很少有沉迷游戏的，他们很小的时候就熟悉套路了。

只是我妈显然不是。她或许是云城唯一玩游戏的妈妈。那时候她的助听器已经长进了肉里。如同体内的避孕环一样，她始终不愿意取掉。而最终，助听器由最初的血肉相连变成了骨肉相连。这大大加重了手术的难度，我妈妈因此更有理由任其发展了。

我妈妈的耳朵仿佛选择性地听见了一些声音。她总是向我打很多手势来描述那些声音。但我只听懂了一次，那还是因为她在我面前点燃了一张白纸。我看着她的手心握着那把灰烬的时候，大概明白了那是一个什么样的声音。也大概是从那时候开始，我妈妈就开始说梦话了。她的梦话永远是对那些声音的模仿，低沉的、仿若动物的叫声。

而自从护校毕业之后，我每天除了照顾我妈还要照顾我的病人。我的病人是一个不算很老，但已经生活不能自理的男人。每天早上我最先做的事情就是清理他枕头上的头发。他总是掉落黑发，接着长出新的白发。他占据着养生医院最靠内的房间，我在那里重新种了水仙花。它们开起来的时候，我的病人已经完全是白发了。他总是会对我讲起一些故事，多半是他手中泛黄的信纸上的。他会要求我在上面画一些插图，可惜我不会。他说他教我。

记得我画好的第一幅小图，就是关于一只小老鼠的。但他说那不是老鼠，因为老鼠没有这样圆圆的脑袋。老鼠也更没有这样长的手臂。他对我狡黠一笑，可我还是猜不出这是什么。接着他便发出了"咻咻"一样的声音，那个声音好像瞬间就把我拉远了。他会露出像古代史课本上印着的神兽的表情。我知道水灾之后火灾尤其多，它们像来势汹汹的士兵，占据了所有的绿化带，也挨家挨户点燃了他们的灯笼，可是每一盏灯笼点亮之后，就很快烧成了灰。而且一路上升，这让云城的上空总是充满了浮尘。记得高空作业的人差不多就是那时候多起来的。他们建造了云城几乎所有五十层以上的高空台，每到中午十二点，都要准时准点吃饭，大口吞咽汤水的声音总是那么一致，像是一阵阵城市上空的闷雷。而渐渐地，因为这种噪声，云城人不得不跟随高空作业者的作息上下班了。因为没有这些人，必然也没有其他人能清理肮脏的浮尘了。清洁工站在高空台上，像打扫天花板一样把头顶的浮尘扫下来，当然，这往往要以她们自己蒙一身灰为代价。

有时候我的病人会要求我送他到高空台上。他坐在轮椅上，不断跟我念叨，觉得自己的身体已经没有水分了。因为整个云城都是发电机的巨大响动。

很久之后他依然会用这句话为开头为我讲述一个故事。故事是不一样的，只是每一个都有发电机：它们怎样轰隆隆碾过所有的声音，将它们统一，变成一种鸣叫。而在另一条平行的故事线中，他的开头是：云城是一个巨大的火炉。

我并不知道云城巨大在哪里，唯一大的倒还真是天上一整片的浮尘。我站在高空台上能清晰看到它们呈现密密麻麻的颗粒状悬浮在我的头顶。高空作业的人甚至习惯了它们的存在。他们总是随身带着各种防止浮尘的杯子和餐盒。比如在云城你最好还是打着伞出门，不是因为会下雪或者下冰雹，而是因为随时都可能有一口浓痰掉下来把你砸死。

我的病人的故事就在这样两个开头之间轮番转换着。可我唯一想知道的却是他的名字。每当那个时候，他就开始出神。我不知道他是不是故意的。我家里的事情显然也不能让我对过多旁的事操起心来，因为我妈妈总是不断向我重复各种声音。

炒菜的声音、汽车的声音、轮船的声音，甚至卖油茶的人拐弯的叫卖声，她能用很多种不同的方式重复这些声音。她的身体就像是一面墙壁，收纳进了所有的声音，时不时就释放一些出来。

她总是呆呆地坐在黑暗中，重复着这些让她兴奋的声音，重复让她觉得生命被延长的声音。

因为对她而言，这些声音，每一条都是抵达云城的路径。而很多却又是很多人听不到的。她为此开心极了。整日向我描述，直到我有一天厌倦了，狠狠地呵斥了她。但很快我就后悔了，只是最终还是什么都没有说，但我的妈妈却是真的沉默了下去。

可那时候我是没有更多时间向我的病人讲述这些的。

因为他的身体的确是越来越小了。只是他的这种小是没有征兆的，不会痛更不会对外表有所改变，除了苍老得越来越快。但他很平静。他总是督促我整理他的故事，因为他知道他已经离忘记不远了，即使不忘记，他也总是要消失。

消失，他用的这个词突然让我为之一震。我的爷爷就是消失掉的。但我却总觉得他还在，只是人们都看不见他。但他也还是在的，他就是那些路灯下总是长得很接近的影子。

只是我现在再讲这些已经没有用了。有一天我再打开窗户，才发现我的病人真的不见了。所有的衣服都是摊开在水里的，衣服里只包裹着一沓很厚的泛黄的信纸，蓝色墨水笔书写，字已经晕染开了。但我还是能依稀看到一些。我突然觉得安静下来了，连那些我吸纳过的流动的故事也沉寂下来，内心突然就空旷了。我拼命想把那些故事按在我的记忆里，却发现它们依然飘着，就好像是窗外的浮尘，悬浮在大地的上空，永远不会坠落，也永远不愿再醒来。

2011年3月14日初稿

2021年1月25—29日修改

唢呐

在我的眼里，青峦镇的天地是倒过来的，日月星辰是我脚下的路，它们像平原上随处可见的油菜花呼啦啦地奔向天尽头去了。我头顶大地脚踩黄昏走来了，踏上了青城县城关青峦镇的土地，迈进了井巷南街的落音寺里。敲钟的和尚也不知换了几任，穆执念的唢呐还留着，不过已经没有人吹了，但人们还是会在吃芝麻酱的时候忆起他，而且永远是那一句话——“这哪有穆家那二八板的芝麻酱好吃呐！”我知道我多少是有些嫉妒他的，他被人记住了，徐千灯却被人忘了。不过也不对，人们不是记得徐疯疯吗？

镇上人的问候语仍是那句：“喝汤了呗？”只是已经没有人想到要去问我了。我的院子早在不知道什么时候被城管的人写上了大大的“拆”字，它们已经暗成一团钝重的音符，而且还要继续暗下去。闷雷又在我身后响起来，它们总是不分季节、不分气候，有时只是噎了一下，有时，就像那个消失的鼾声一样，飘荡在整个黄昏。我渐渐地探出头，从那个要拆掉的院子里走出来。

我有点儿分不清方向，但步子仍迈得很快很快，在一阵又一阵上上下下的颠簸中，我像走在千疮百孔的回忆里。我看到柳絮又从护城河那边来了，连成一只细长的眼，看着我走来了。但我的记忆瞬间就透明了，我知道他们会越发不相信我说的话，但我已经看不到他们的目光。在那个透明的尽头里，我终于听到他们的灵魂弓着背站起来了，像平原上随处可见的金灿灿的油菜花，呼啦啦奔向远方，像鲤鱼一样跃过去了，越来越远，越来越透明。但我还是听到了它们落在太阳上的声音，炽烈如分娩。在太阳吻住它们的瞬间，我热得奔跑起来，在韩跛脚一声又一声巨大的叫嚷中，我看到镇子连成了一片红痣，我知道我终于是要看不见了。

“一枝花”

我们镇上有一个规矩，自己是不能说自己的故事的。这句话有两个信息，一是自己不能说自己，二是我们镇上每个人都是有故事的。

在官方版本《青城县志》上，“一枝花”死前有两个形象。但青峦镇人只记得最后一个了，那时她已经是个疯婆子，皮肤发青，瘦高个儿，笑起来，两边脸上各分布着一个大洞，头发泛白而且毛毛的，散下来，遮住了一只眼，剩下一只，窥测人间。

“一枝花”家境很好，是当时镇上唯一在省城上过学的人，但她最终没能像家里想的那样留在省城嫁给一个军官之类，而是以患病为由被学校劝退回了家，那时候青峦镇有很多吹唢呐的人，她就一个个去听曲儿，然后就学着唱，目光呆滞地在院子里一遍遍跳舞，谁都不见。人们只是在许多夜晚听到她撕心裂肺的哭声，一直持续了三个月。而那些吹唢呐的人来了又走，走了又来，有的人也住下了，比如穆老爷和他爹穆清涟，穆老爷那时候还年轻，他是镇上最高大威武的人，人们叫他穆公子，他推着一个手推车到处兜售不同的唢呐，曲子永远都在变，但“一枝花”只喜欢听其中一支曲子，没人想到，她这一听竟真的就是一辈子。

她后来做了化肥厂的会计，业余时间最爱做的就是讲故事和唱歌，但人们似乎从不记得她那时长什么样子、做过什么事情，倒是她这一唱就唱掉了自己的容颜，唱走了一颗至死也没放手的心。据说“一枝花”有一个孩子，但那孩子似乎从未出现过。她退休之后成了专门的说书人，可人们听不懂她的话，也许是听懂了也不愿承认，她就傻着脸从南街说到北巷，从东门说到西头，终于哑了。哑了之后的“一枝花”就整日徘徊在井巷南街，或是去穆家唢呐铺坐着看穆老爷做活儿，那时候她的牙已经开始变长变黄了，只是右眼仍是又大又明亮。那时候的穆老爷已经显出衰败的迹象，下巴上的肉核渐渐上移了，左边脸已经有了痉挛的前兆，但“一枝花”仍是笑盈盈地望着他，像是盯着一本翻了千万遍的旧书，明明是烂了的，但仍不肯向记忆妥协。

那时候，井巷街胆大妄为的小混混时常在夜里和女朋友去轧马路，总在“一枝花”的院子前咂吧咂吧地亲嘴，“一枝花”在屋里像个男人一样制造出很大的雷声，时常把小混混吓一跳，但整条街上没有人表示异议，大家睁一只眼闭一只眼，仿佛从未见过这夜里的风声，每个人都乐意在这充气的雷声里维持秘密的原状。尤其是那些老辈人，很久之后，他们时常会在落音寺烧香的时候说一句：“‘一枝花’可怜呐！”他们把这句话在胃里烂了二十年，直到“一枝花”死了很多年了，他们还是会说，但仅此一句，只有一句，再多，就是禁忌了。

那时，街上的大红幅刚被撤去，“一枝花”就在那些个清晨独自坐在院子里，意外地把头发盘了上去，露出另一只眼，只是两边脸的大洞更明显了，声音也越来越哑了。直到后来，人们在一天早上说，“一枝花”不会说话了。但就是那一天，“一枝花”又开始和人讲故事了，只是她不再在意有没有人会听懂了，她的声音也变得很特别，像是隔年的丝帛一点点裂开的声音，碎了，但还互相扯着，话着家常。她一整天都是笑盈盈的，甚至笑出了声，直到黄昏烧着了整个镇子，听故事的倦了眼，她才喝了一杯茶，悠闲地去了镇上最大的医院，直走进了重病房也没有人拦她，倒是一个外地小护士揶揄地看了她一眼，但“一枝花”的脸瞬间就乌黑地冷了下去，只仍旧笑着，大洞越张越大，足足把小护士吓退了两米远。

床上的穆老爷看了她一眼，嘴巴仍旧匀速地一张一吸，肉核在五官上碾了过去，两边脸都瘫了下去，软软的，但仍强硬地扭着。“一枝花”把头发甩了下去，一点点编起辫子来，穆老爷一夜间就老了十岁，看起来终于和“一枝花”般配了许多。

“要听啥啊？”

“《一枝花》喔。”

穆老爷用干瘪的右手在褥子下翻出那支吹了一辈子的唢呐，此刻他的视线里已经没有颜色了，他只看见了记忆，它们铺天盖地地来了，终于变得越来越轻，穆老爷送出了这第一个音符，也终于送走了自己。

“一枝花”跪在床边，很缓慢地检查了他的身体，她的眼睛很干了，但还想要榨出一些汁水来。医生没有来，护士没有来，穆家没染上病的人也没有来，她没有叫，也许是叫也叫不出来了。她只是呆了呆，很微微地发出断裂了的声音，深深地，在散发出霉菌味儿的被褥上，埋下了头去。

人潮在黄昏才想到要来，而且一来就是一大波，但人们的七嘴八舌瞬间就被被子上满片的红润润封住了口，刺目的红对应着黄昏废墟里的镇子，像是欢腾在被褥上的红色鲤鱼。她的身体是仰躺过来的，右手还握着穆老爷输液的针头，眼球布满了深红色的洞洞，它们张大了眼睛，发出尖厉的呐喊。晕血的外地小护士一个踉跄栽了下去。在一阵又一阵跳跃的红光里,她终于没有鼻息了。

抬花轿

“跑板六”本来不叫“跑板六”,但在故事发生的时候,他就已经是了。

青峦镇的街道都是笔直的,但每一条街的尽头处都有一个巷子,这巷子的名字千奇百怪,比如有叫马疯子巷的,有叫徐家的巷的,还有叫赵子渔巷的。每一个巷子都没有出口,但“跑板六”出现的巷子有一个,那就是明乘巷。

明乘巷的名字取自我们镇上走出来的一个高僧,人称明乘法师,该法师自称要在青峦镇建一座全亚洲最大的寺院,但这是后话,当时可没人知道。明乘巷离井巷街不远,步行五分钟就完了,青峦镇人对它的熟悉程度不亚于对淹死在护城河里的酒鬼。“跑板六”就出现在这样一个易被人发现的早上。他吐着哈喇子,把那张沉默得要死掉的脸挂在了两腿间,眼睛试图睁得很大,但无奈体积有限,依然很小。他蹲坐在明乘巷的巷口,见一个人就问一句:“嘿!去老穆家怎么走啊?”

当然是很久都没有人回答他的,“跑板六”很不幸地在青峦镇不欢迎外来人的年代来到了这里,最终,只有那时还在上小学五年级的韩文璐理了他一句:“啥时候听到号子了,就找着老穆家了。”这就是“跑板六”在青峦镇人心中形成的第一印象。

那是很幽静的夜晚，青峦镇的花花草草鸟儿鱼儿都很安静，“跑板六”用一支不知从哪里讨过来的唢呐十分洋溢地吹着。他随着歌声穿越了镇子，并且在自己的脑袋上戴上了一支装着套子的巨大手电筒，可这家伙倒是为他招来了一顿顿痛打，因为没有姑娘愿意在夜晚和人轧马路了，这在多年以后被一次运动的“旗手”说成是阻碍自由恋爱、阻挠妇女解放、破坏社会进步的毒瘤，甚至被归结为青峦镇的文化始终不能冲出全市名震全省继而闻名全国的原因。但这手电可是值钱的东西啊，多少年后，还有老人说，那“跑板六”应该和穆老爷没什么关系吧？说不定上头还是个牛人嘛！当然，这话是没人信的，青峦镇人是一向不愿意承认自己决策的失误的。

“跑板六”就是在那样的夜晚一路吹到了护城河，并在那里躺完了后半夜，狠狠地睡了过去。醒来后，看见的，竟就是穆其言了，但“跑板六”找的，自然不是穆老爷的儿子。他固执地叫穆其言哥哥，人们也因此对他们的关系甚是好奇，但这点在成为传言的时候，已经没有人要听了，因为另一个巨大的公开秘密正开始震荡人们的脑膜。

穆其言那时已经开始变老了，但他看上去和“跑板六”没什么分别，他的脑袋上有一颗紫色的胎记，据说是他妈朱翠兰生他的时候梦见了送丧的人，在梦里被送丧的队伍踩在了脚下，一路跟着死人进了葬才醒来。朱翠兰因这场梦害了大病，很多年后，有人说，其实穆家那怪病从朱翠兰这儿就开了头了，但这一点已经没有人能证明和反驳了。

穆其言那时决心不再踏进青峦镇一步，他整日供奉着他爷爷穆清涟的塑像，手里的家伙也早已歇了业了，改做起了芝麻酱，但每年乡下的红白喜事前，过往的人总要把穆家的门槛给踏破，而“跑板六”的到来使得被拒绝的来人总能尽兴而归，尽管穆其言说，“跑板六”的曲儿吹得一点儿都不在调上，但就是这个跑了一辈子调的人，最后，竟然在唯一的一次正调中，彻底把自己给吹跑了。

那还是西城巷刘曼丽出嫁的时刻。刘曼丽不像她的名字一样漂亮，甚至还要再丑一点老一点。“跑板六”来之前的十年里，嫁不出女儿的人家总要在愁了一番之后自我安慰一句，好歹俺闺女比那西街的刘曼丽好看吧！当然这话是万不得让刘曼丽听见的，在关于她的传说中，最惊悚的一件就是十岁的刘曼丽把一头生猪给活活宰了，而且处理得有条不紊。这传言如今是没有人信了，因为信的人都死了，除了说故事的人。

但老姑娘刘曼丽最终还是要出嫁了，而且是嫁给东门韩家的小儿子韩昭誉，要去成为韩文璐的小婶子，韩家并不算有钱，但个个是有貌的，当然，韩家有貌的都是男人。后来的后来，青峦镇的红粉一条街，也就是什么洗头城、按摩城、洗脚城汇聚的这条街，据听说，走出来很多青城县的头头，他们倒有些韦小宝的遗风。

刘曼丽出嫁的那天很热闹，青峦镇但凡腿脚灵便的、眼睛不花的都去看了。刘曼丽那天穿了她爹刘赌酒从省城买的旗袍，这在当时乃至以后很多年里都是时髦的礼服，她很恭顺地为每一个客人斟酒，甚至说话也文绉绉起来，脸上始终弥漫着红潮，甚至一些本为了看刘赌酒女儿出丑的人最后也竟说，其实那刘曼丽还是可以看看的嘛。但不久之后他们又说，韩昭誉混账吗？娶了这么个丑媳妇儿！什么啊，那是老韩嫌祖辈太像太监了，所以给儿子娶个夜叉振振家威嘛！

但他们这些话只说到了刘曼丽出嫁的第二天。第三天，我们镇上的人都知道了，刚成为韩家媳妇的刘曼丽把韩昭誉痛打一顿之后回到了娘家，被他爹刘赌酒锁了起来。

刘赌酒的手气就是从那天起开始不好的，但刘曼丽倒像是要彻底与世隔绝了，她歪歪斜斜的五官，像是经历了一声轰响，但仍坚决地挂在房梁上，不肯散去。

但这样的景状只持续了三个月，全镇的人就都知道了刘曼丽回到了韩家，很认真地做起了韩家媳妇，记忆中刘曼丽细长的眼睛就是从那一天起开始张开的，人们时常能在日落时分看见刘曼丽从韩家走出来去打水，一直打到第二天早上，几乎不踏进卧房一步，并且成了“跑板六”的忠实听众。

“跑板六”吹着跑板的《抬花轿》把刘曼丽抬回了韩家，就再没出现在镇上人的视线里，之后的种种传说几乎全来自刘赌酒赌友的清谈，但镇上人却对此深信不疑。在这个被青峦镇的后人一遍遍转述的版本里，“跑板六”是一直待在韩家的后院的，至于为什么待在韩家，倒是没人能解答，相对靠谱的说法是，“跑板六”被穆其言赶走了，被那些请人唱哀歌的人赶走了，不得已只能去韩家了，因为在那时他是唯一知道真相的人。这一点似乎有点道理，要不，那东街的瞎眼徐太婆怎么说自己听到了曲儿呢？

徐太婆是我们镇上数十年以来最厉害的接生婆，传说她最初的接生的经验是她一个人接生出了十双儿女，这听起来像个笑话，但却是青峦镇人记忆中铁打的事实，尽管她是个掉了一颗门牙的瞎眼老太太，但这两点却也构成了她身上的两件奇事，其一是那一颗掉了的门牙在替刘曼丽接生的那个夜晚长了出来，而且又白又长，另一件就是她在一天夜里看见“跑板六”了。

徐太婆在那之后又活了三十年，成为我们镇上最长寿的女人。她晚年最喜欢做的一件事就是不停地问即将结婚的几代孙儿，你知道最短的东西在什么地方吗？然后她必然嘿嘿一笑，在东门韩家的男人身上嘛！

很多年以后，当青峦镇人终于发觉事情的真相时，“跑板六”的尸体已经不知何时被护城河的污水冲跑了，那冲走过死猫死狗的护城河水终于将“跑板六”淹没在了河底的污垢中，连同旁的秘密一起埋葬。

刘曼丽抱着新生婴儿在韩家住到了第二年，终于被韩昭誉一脚踹死了，而那个孩子生下来就是个残废，你现在还会看见他，他就坐在“青城县欢迎外来人”的大红横幅下，对着每一个来到这里的外地人吹上一曲《抬花轿》，人们叫他“六狗”。

《哈哈腔》

最开始的时候，他不是跛脚，最开始的时候，他也不卖那种有着黄昏一样颜色的番茄。

青峦镇一中每年都有例行体检，据说也是托那个明乘法师的福。那时韩文璐已经十四岁，是整个镇一中个子最高的人，人们总是无法将他和韩家其他人等同起来，十四岁的他，俨然是拥有比父辈祖辈更具气概的外表，他是青峦镇每年一次的中学生田径运动会上的长跑冠军，由于经常训练而显得有些黝黑，他前途很好，基本稳上省体校。

刘曼丽在那一年终于死了，火化的时候很多人都去看，而那个烧尸的师傅也在刘曼丽火化的第二天卷铺盖回乡下了，原因不详。刘赌酒在一天晚上输掉了所有的钱，最后，他拿出一把刀子，往桌子上一摔，说：“我赌我这条命，你们谁要？”

没有人说话，刘赌酒只是怔怔地看着那把刀子，昏黄的眼睛瞬间就亮了：“我知道你们早就等不及了！早就等不及了！你们看死了刘曼丽又要来看死我了，我告诉你们韩昭誉那小子下面有多长！我告诉你们！”他边说着，双手又开始比画起来，动作越来越疯狂了：“他们一家子都是太监！太监啊！”他说着说着，眼睛就更加亮了，像死里逃生后的惨绿，光芒锐利，和刀光彼此迎合。

刘赌酒在那天夜里跌跌撞撞回到了家，把唯一值钱的暖水瓶摔了个稀巴烂，然后又不知从哪里搞来了一把火，把整条街都烧着了。没有人知道是谁先传出来是刘赌酒放火的，只是在猜测这件事的时候，刘赌酒死了，死了的人总是可以承担所有的罪名，于是，纵火犯在成为众矢之的前很争气地死了，倒是省了很多的唾沫。

后来，徐太婆到处跟人说，她那天夜里是看见了刘赌酒的，他穿着一件很大的裤衩，脸是浮肿的，手里还拿着一把刀子，不停地问她：“护城河下面都有些什么啊？”

“然后呢？”人们问道。只见她嘿嘿一笑，说：“然后我就告诉他，是秘密啊，能咬死人的！”她的眼睛眯成了一条细密的缝隙，像是大地的裂纹，能把所有想要知道一切的人，狠狠地吸进去。

韩文璐体检那天在医院待了很长时间，人们再看见他的时候，他的脸已经是白的了。当天晚上，他把卫生院的所有玻璃砸了个遍，在自己家的庭院里放了一把彻彻底底的火，然后在火燃起来的时候往那个给他诊断的医生家门前，撒了一泡很长的尿。然后，他就在我们镇上转了三个整圈，终于在夜幕降临的时候拐进了穆家唢呐铺。他就跪在穆其言的屋外哭了一整晚，很久之后也有人说那是青峦镇数年中最长的一个夜晚，但第二天，韩文璐就成了穆家唢呐的传人了。但这个消息第二天就没有人要听了，因为，韩文璐的脚跛了，而且，是被自己给烫跛的。

那至今还烙在腿面上的三块肉疤后来成为一整块刺青，成为韩跛脚的招牌。他跛的那一天还没人叫他跛脚，但当他光着膀子，露出那块巨大的肉疤，在青峦镇的大街小巷招摇过市时，人们知道，他是彻底地要和这座城决裂了。

从那一天开始，连镇上刚会说话的孩子都知道，我们镇上有了一个跛脚啊！然后人们就一直说到了他死，终于忘记了他本来的姓名，人们惯常的称呼是，那穆家门子里的韩跛脚。他的故事也好，面貌也好，全都没有人关心了，人们见他的第一句话往往是："韩跛脚，脚好些了没啊！"然后他就闷闷地笑一声，露出一口昏沉沉的牙齿。

那时候青峦镇有好几个压井，他就坐在压井上，也不嫌硌得慌，一曲儿一曲儿地吹，累了，就压上一桶水，所以他的音色总是很亮，是那种混浊而激越的亮，而他的头发也从那一年开始渐渐地白了，而人们也终于在这慢慢的白光中渐渐淡忘了他的年纪，他终于成为我们镇上年龄最恒定的人，不再年轻，也不会被再次变老。

青峦镇那年的白事特别多，白色的飘带在那年像井巷街的花树一样雪白，做花圈的手艺人忙得两手都长了茧子，但除了千篇一律的哭声，那却是青峦镇历史上最为沉默的一个季节，人们不再彼此问候，不再开乌七八糟的玩笑，那也是镇上最没有秘密的一年。但穆其言和韩跛脚却忙了起来，他给自己准备了一身行头，每天往来于各个场子，比如他叔叔韩昭誉的葬礼。

韩昭誉在刘曼丽死之后就疯了，他在看守所待了几个月，最喜欢对别人说的一句话就是："你知道韩跛脚他爹是怎么死的吗？"他说完便神秘地抿一下嘴："砍的喔。"

但他终于还是说不下去了，并选择了自古以来最惯常的一种死法，用一条事先预备好的绳子了断了自己，死时，眼睛还是睁的，只是还笑着，但笑得没有人要相信了。

韩跛脚就是在他叔叔的场子上第一次吹起了《哈哈腔》，很久之后，人们能记得"跑板六"的《抬花轿》，能记得穆老爷久远的《一枝花》，却唯独不记得韩跛脚的《哈哈腔》，它像梦呓一样在青峦镇回荡了数十年，不会哭泣，不会悲伤，也不会微笑，在一上一下的缓慢流逝中，成为记忆最和谐的鸣笛。

韩跛脚的身高从那一年的清明开始飞速增长，那一天正是韩昭誉火化的日子，韩跛脚在那一天疯狂地推开新来的烧尸工，在火花中一点点扒出还没成为灰烬的骨头，它们直着一张脸，像一块块化石和韩跛脚的目光对视，像是看着彼此既定的命运。

他看着它们就笑了一阵，吹起了《哈哈腔》，只是这是从没有过的一种调子，和别处的不同，和穆其言的不同，和穆老爷的更不同，每一口气都是有出口的，但每一声调子，却都透不过气来，他的脸是紫涨的，倒像是故意这般似的，一曲又一曲接着吹，循环播放。

第二天，所有的人都知道那穆家门子里的韩跛脚哑了。

豫西《二八板》

我们镇上是没有人能描述出穆其言的相貌的，我也是。他们总是在镇上飘来飘去，你永远不知道他们下一站是哪里，当然，他们无论走到哪里都走不出我们镇子。

穆其言有过一次婚姻，娶的是在校场口跳舞的那个女人，但那时候她还不在校场口跳舞，有人说她之前在练歌房干过，但后来抑郁了，被赶了出来，她有一支巨大的喇叭和一台收音机，那时候，每天下午四点，青城县电台就会播放没有歌词的曲调，有时，还有韩跛脚的《哈哈腔》，但后来它们就变成了穆执急的《二八板》。

那个女人在我们镇上是没有名字的，也许有，但早被人忘了。在镇上人的记忆里，她唯一的乐趣就是跳舞，穿着黄色麻布裙子，身体微胖，脸很白，嘴唇很厚，据卖饭的赵二芬说，那切切比一个猪蹄儿还多。她每次说完，都要轻轻地扬几下眉，通常是左眼上的眉毛挑得要高一些，右眼上的微微低一些，边说边翘起兰花指，而后狠狠地吐上一口干白干白的唾沫，末了，还不忘喊一声："死猪，水呢？"她喊的当然是老赵，老赵那时候刚从局子里出来，总是弓着背走路，像是永远也抬不起来一样，早已没了当年当经理的派头，和赵二芬结婚的第三年他就被人告了，牢一坐就是七年。赵二芬是红粉一条街出来的，所以每当有女人怀疑那个跳舞女人也是红粉一条街的人时，敏锐尖利的冷光都要从她的眼里火星一样往外冒，我曾经无数次看见她的目光里有跳跃的杂质，她的目光跳跃着，猛地就发出一声不似人的声音——"脏的臭的都是我们，你们干净哇！你敢不敢让我去你衣服里掏掏倒倒，看那里面都是些什么！"

她脸上的肌肉抖动着，像一场地震之后的余震，内里仍在剧烈地起伏，和面的双手已经不自觉伸到了女人的颈子前，她的眼睛瞪得很大，像铜铃一样，但里面什么也没有。

跳舞的女人在校场口跳了几年就去了青峦小学，依旧是每个黄昏去，天亮就离开，她的步伐是坚定的，在那无数个黄昏里，她矮小的身体被夕阳拉得无限长，远远看去，像是漫长时光里走出来的人。那时候，穆其言就在我们镇上卖着已经没有人要买的芝麻酱，他的病已经很严重了，肉核已经发育成肿瘤，密布着刀疤，他知道这是治不好的，就算治好了，也有人会死，而人们对于真正病人的死，总是很快就消受的，他的眼睛深深地陷了下去，像是一团没有颜色的海，早就枯死了，连投胎的可能也没有了，他干笑着，在树影的遮挡中远远近近地走过去，又走回来。我站在二楼的教室窗口，看见他们的影子像两支弓着背的唢呐，在穆执念突然响起的一声鸣歌里，凝固了。

穆执念在那个女人第一年跳舞的时候来到我们镇上，他衣衫褴褛，据说是从神农架逃荒来的，但身后没有大人跟着。他在城郊拐子张的土坯房住了三个月，就被一路吹来的穆其言和韩跛脚带走了。据说穆执念的身上有一块红痣，只是它描着字眼——一个巨大的“念”字，框在他的脊背上。他的眼睛很亮，但却有着先天性远视，个子像永远也长不高一样，整日就跟随着跑调的《二八板》从井巷南街吹到青峦小学，远远地坐在教室前的水泥地上，他那时候很漂亮，所有人都喜欢他，不像我，那时候我已经很高了，是全班最高的女生，但我的影子在日落时分就会变得很短，不像穆执念，他的影子总是拉得那么长，很久之后，当他长成一个很高的人时，我才后知后觉地发现，他当年的矮不过是一种欺骗，所以镇上的人才会忘记他曾经那么矮小。

穆其言在和跳舞的女人结婚之后就死了，他死的时候很多人都来了，有的不是我们镇上的人，他们来了之后就哭了一阵，但只有一阵，就匆匆忙忙地离开了。

但女人没有立即就离开，她依然住在穆家，只不过不再去跳舞，校场口从那之后特别的寂静，人们往来于此，总会漫不经心地问一句："那女的呢？"没有人去回答，但问话的人似乎也没打算得到回答。

那年的夏天很漫长，青峦小学的假期也似乎变长了，我家门前的花树开了很大的花，但没有人去摘，井巷南街养起了很多狼狗，它们一整个夏天都伸着红通通的舌头，焦灼地走来走去。那些花朵开到成熟期就都掉落到了地上，只是没有懂得的人去拾起，它们就烂在那里，任由那些焦躁的狼狗踩掉了香气，踩成了泥巴，烂在了泥巴路上，只需下一阵小雨，就都不见了。人们认定它们是被一点点冲到护城河去了，青峦镇人对于不好的事情总是轻而易举地想到护城河，那潭在日后成为绿酱的死水在当时还很清澈，挨了骂的孩子，总要去凫水一番，在水质好的年代，人人都有可能成为游泳冠军。

那一年，修路的人陆陆续续地来了，他们像是背负着巨大的使命把井巷南街足足拓宽成了之前的两倍，但迅即就离开了，随着青峦镇第一趟火车，同时也是唯一的一趟火车的汽笛离开了。而跳舞的女人在那年夏天最后一场雨里，跳了最纵情的一场舞，之后就消失不见了。直到两个月后的黄昏，人们在我家的花树下看到有人托着一块血红血红的圆形生物，眼睛也是血红血红的，那人的脸被密不透风的黑发遮挡，站在井巷南街的最南头，每到一家，就停下来走一走，直走到最北头，直走到那团绚丽的鲜红失去了明度。

第二天，那些花就都开了，红灿灿的，羡煞了东门的花匠。

而镇上人竟然也因为女人的离去而彻底地忘了她，就像是渐渐忘记之前沉在护城河里的人。那年夏天之后，没有性急跳下去的花都枯死在了树上，睁着干裂的眼睛过早死去了，除了我家的。

那年的深秋像隆冬一样冷，空气恢复了青峦镇一如既往的做派，干燥得要死，我在那个严寒的秋天裹着粗笨的夹克站在门前刚修好的马路上，远远地看见了穆执念，我失望地发现他已经长得很高了，只是双手生了冻疮，我远远地注视着他，看着他把二八自行车支在路边，把装芝麻酱的桶拿下来，卖上一家，就吹上一曲儿。然后一直吹到了井巷南街的最南头，我家。我奶奶蹒跚着脚步从堂屋走出来，买上了一壶。穆执念便接着吹了一曲儿，他那双满是冻疮的手伴随着节奏一上一下，我目不转睛地看着，直到他突然问我一句——

“你叫啥？”

怀乡曲

青峦镇不在豫西而在豫南，但徐疯疯说在，镇上人就信了她，但人们只信她这一句，老辈人都说，信的多了，就成了病。所以如果你在青峦镇碰到她，可千万别信她的话，那是要死人的。

她还没有消失之前是个总是站不直的平胸女人，在县图书馆工作，主要任务就是整理《青城县志》，但徐疯疯在整理的第二年就疯了，而那本册子至今还摆在县图书馆的小说架上，在猎奇者中广为传阅。

韩跛脚在那个夏天要结束的时候改行卖了番茄，成了一个不能再吹唢呐的人。那时他喉咙上的息肉已经很大了，但他没有去任何一家医院，他漫无目的地在镇上晃荡了一整个晚上，直晃到星星都睡着了，才慢慢悠悠地爬上了护城河边最大的一块石头上，远远看去，刚刚开始的工程已经初现了端倪，只是建好的大门上至今没有刻上名字，它像是一张空白的脸，冷冷地注视着盛满人的镇子。

徐疯疯在每个黄昏都要去穆执念住的地方，那里永远摆放着各式各样的唢呐，穆执念总是能清楚地找出每一支唢呐的长处，它们被齐齐地码在桌子上、床上，占据了人的位置。

很久之后，它们中的佼佼者被请进了青城县博物馆，然后又被送进了省里，连同那本残缺的《青城县志》，而徐疯疯的字迹当然是给删掉了。

那时候穆执念还是在卖芝麻酱，但他的脸总是一天一个样式，肉核已经发育成肿瘤，开始扩散，有时，早晨还是正常的一块皮肤，晚上已经被腐蚀掉了，或者更改了位置，但仍有不认生的孩子在放学后端坐在井巷街南头等着他，人们知道他必然先去徐疯疯家，那时候徐疯疯已经不穿夹克了，她穿着一条很长很肥大的裙子，由于是平胸，总感觉她要从衣服里钻出来，穆执念就在徐家门前吹着，但从来不进去，得病之后，他手上的冻疮到了夏天也不见好，徐疯疯总要给他一副手套，尽管他从来不戴。

徐太婆那时已经不再说话了，徐疯疯送去的所有饭菜都被她倒在了老宅屋门前，被跳墙而过的野猫衔了去。那个院子从前是关死人的，后来贱价卖了，徐太婆用最后一笔积蓄买下了它，而她唯一的一次出屋就是在徐疯疯发现自己异常的那个正月十五，那天来了许多外地人，说要去看镇上的人，但他们在镇上问的第一个人就是韩跛脚，但这次韩跛脚没有回答他们，他乜斜了一下，就把整车的番茄全甩在了他们身上，只说了一个字，滚。但很久之后他们又来了，那时候寺院已经建了一半了，而且已经是全亚洲最大的寺院。

徐太婆在那大梳着很繁复的鬏角，她很老了，眼皮已经耷拉下来，但她还是努力睁开了眼细细地继续梳着，半晌，突然就对着徐疯疯说了一句："知道我为什么买下这个院子吗？"她突然笑了："因为总有一天你也要住在这里。"

徐疯疯那天在镇子上跑了很远，那是青峦镇人见识过的最为遥远的奔跑，人们都说她是去护城河找"一枝花"去了，也有人说她找的是"跑板六"和韩家人。人们对她说，那韩家人都火化了。但徐疯疯像是什么都没有听见，她的裙子在奔跑中终于要脱落了。很好，她用不同于往日的声音对那人说。她跳出了裙子，所有人都看见，徐疯疯的下体垂挂着一颗沉重的种子，它像是酣眠了很久，终于扬起脸庞。很久之后，有人说，那是穆执念脸上的肿瘤，她是被传染了，但徐疯疯认为她是遭了韩家死魂的诅咒，因为徐太婆传出了他们的秘密。

但她忘了，就算徐太婆不说，还是有人会说，秘密在镇子里，永远不会沉睡。

徐太婆死在那个冬天。正月十五闹雪灯的时候，很多人都来了，她接生出的女人领着自己的姑娘来了，她接生出的男人领着孙子来了，他们无限虔诚地把她送上了火葬场，流下了无限伤感的泪水。

从那之后穆执念半年没出现在井巷街，徐疯疯就像个傻子一样盘腿坐在家门前，那座被徐太婆盘下的老宅就在她身后的身后，她望了一眼，又望了一眼，终于走了进去。那个黄昏，她没有去任何地方，只是不停地叫着，人们在屋外听到了声响，但没人走进去，夜幕降临时，人们看见她走了出来，两腿间流着殷红的鲜血，淅淅沥沥地顺着小腿滴落在了大地上。那个夜晚，穆执念去找她，他们在墙内制造出幅度很大的雷声，就像是当年的“一枝花”，没人听得出它是属于一个人，还是两个人。

那个季节，韩跛脚放弃了唢呐，卖起了番茄，并最终成为镇上最后一个知道全部秘密的人。而那之后不久，穆执念就出事了，他像一尊雕塑一样坐在镇子的最南头，隔着徐疯疯家的院墙，远远地仰着脸，眼睛是闭着的，脸上的肉核很大了，只是和穆其言不一样，那是我们镇上一条城墙的形状，在他的脸上动荡不安地游走，一晃就是整个长夜。

破晓，“六狗”就歪着身子来了，那时候他已经不坐在城头吹《抬花轿》了，不过他就是吹也没人听，人们烦了他很多年了，连新长成的孩子都听烦了，曾有人在“六狗”睡着的时候在他的面前放上一只破碗，但很快就被城管的人扔了，理由是破坏市容。人们在城头修筑了雪白雪白的墙，“六狗”的身子歪歪斜斜的，没人相信他可以攀过去，但他偏偏做到了，他翻过去的时候，正是穆执念咽气的时刻，但“六狗”自然不是看他的，那时候他的腿还是拐的，嘴巴依旧是斜的，只是背没有以前弯了，人们都说，这是“六狗”翻墙翻的。人们本来是信的，但徐疯疯突然有一天对来图书馆找书的老赵说了同样的话，人们就不信了。

老赵传出话的第二天就被两个弟弟请去了市里的精神病院，但他当天晚上就逃了出来，因为卖饭的赵二芬在那年投了护城河，而第二年，护城河的水就臭了，人们都说，是赵二芬嘴太臭了，谁都敢骂。这是自然，因为她就是个谁都敢骂的人。

但老赵不敢骂她，他在那天晚上托着已经微微泛出尸臭的赵二芬回了家，在新买的电视机前看了一整夜的青城县电台，第二天，人们都说，老赵没眼睛了。这话是拐子张说的，他住得离老赵最远，但他却无比坚定地告诉所有人，那是个没眼睛的人了！他说这句话的时候，仿佛自己无所不知无所不能。那天他破天荒再次喝了酒，喝得酩酊大醉，那张白了二十年的脸被染得红通通的，像是还没燃起来的火烧云，沉寂在了他的体内，等待爆发，但谁料那些云竟然真的就在他体内喷薄了出来，他摇摇晃晃地从井巷南街回到自己被勒令扒掉的土坯房，瞬间就倒了，而且再也没站起来。

赵二芬死的时候，眼睛是闭上的，手心想要攥住点什么，她原本应该还是抓着擀面杖的，但擀面杖到了水里就不见了，她被拖上来的时候手里只剩下水草了。老赵把风扇开得很大，那是他们的小饭馆里的风扇，它呼呼地吹着，竟然就像是镇上很久都没有的那个鼾声，老赵把眼睛凑向它，把电视机调成了最大声，那天的电视上出现的正好是韩跛脚，那是他卖番茄前最后一次吹唢呐，而且还是在电视上，他那天看上去很洋溢，脸上亮闪闪的全是汗，手的幅度也越来越大，但他吹到最后一个音时，唢呐突然就掉了地，那是一声清清亮亮的落地声，像一瓢跌落崖底的水珠，老赵把脸凑近了风扇，那个风扇总是开着很大的口，他眼睛时而闭上时而就睁开了，它们在夜里跌跌撞撞了很久就进去了，一下子就被巨大的鼾声吸进去了，只是滑润润的，像是脱了水的鲫鱼，“吧哧”一声就游得看不见了。

那天晚上的天气出奇的好，人们都在欢庆寺院的竣工，离很远也能看见它的名字——水落音。星星又大又明亮，明天一定也是个好天气，但那晚，图书馆突然就关了门。徐疯疯把能烧的书都烧了个遍，除了那本《青城县志》，它被扔在了拖地用的水桶里，而她添改的黑色墨水字已经开始模糊了，但消失的总是每一句的开头和结尾，它们像是无头无尾的巷子，沉默地伫立在了青峦镇。

那是镇上人最后一次记得她的名字，徐千灯。

马灵芝的前世今生

头年贴黄，来年贴绿，后年贴紫，到第四年，大红门上贴回红对子时，马灵芝女士就真的一去不复返了。

井巷街上的人对死人只记三年，需要死的太多了，总要给新死的人腾地方。只是她毕竟在这条街上很久了，虽然从更年期开始就患有精神分裂，到老年又得了脑血栓生活不能自理，但也已然成为这条街上的一座碑。走过老王家的时候，人们还是习惯性往门前望望。几个嘴碎的老人议论着，老王家旁边的店铺会不会因为马灵芝的离世而风水变好有了生意。偶尔王青山会从里屋出来走一圈，站在马灵芝惯常缩着手微微弯腰站过的地方，好像听到了他们说话，又好像没有听见。他的肩膀上照例坐着两只猫，它们吃遍了六个儿女轮班做给王青山的吃食，长得愈发肥胖，导致它们站在他身上的时候，他的身体都有些颤抖，但这感觉是好的，他觉得自己重新有了生命。

重新有了生命的王青山会坐在门口的藤椅上——因为年老，整个人能长久地一动不动。如果两只猫再立上肩头，更显他坐得扎实。王青山就是以这样“屹立不倒”的形象出现在马灵芝的祭日。不过，说是祭日，井巷街的人们多数是不会记得的。除了一些没赶上马灵芝葬礼的亲属，例如孙女李挪。

李挪确实是马灵芝和王青山的孙女，虽然她不姓王。这年头，生女孩儿随母姓倒也不算什么稀奇事儿，只是马灵芝因此耿耿于怀。李红杨在一次和她斗嘴中说，就算姓了王，又跟恁(你，后文同)马家什么关系？

这话听起来没错，但马灵芝气坏了，那是一九九一年，算是一个要开天辟地又没开天辟地成的时代。在井巷街这样的小地方，很多东西人们敢敞开来谈，却又要掖着一角。在马灵芝的思维中，根本没有什么马和王之分，他们是一体的，但李红杨却不同了，她就是外姓的，不是一体哩。

在葬礼问题上，李挪也有些这样的思维。

她记得那天，桌子上还摊着未写完的论文。电话把她震醒之后，她劈头盖脸就把那头的李红杨骂了一顿。不过李红杨没生气，她只是说，恁奶不在了。

那一刻，除了些许诧异，李挪心里没什么波澜，她甚至懒得假装很悲伤。毕竟她跟马灵芝几乎没有交流过，至少记事起是这样。马灵芝只是一个始终盘旋在她生活周围的人，只会发出一些听不懂的音节——在她离家奔赴外地读书前。

李红杨说，你不用回来，在那儿该干啥干啥吧。李挪脑筋转动一下，只当因为自己不姓王也不姓马，没必要去拜会。只不过，她还是有些恍惚。一时间，仿佛论文也成了幻觉。她重重地“噢”了一声，就继续去做自己的事情了。

直到放假回家。

那天，李挪说是不是该给奶奶端一个盘子。王逸就给母亲端了一个空碗，夹了两块红烧肉。李挪说奶奶不喜欢吃红烧肉，虽然她也不明白自己为什么就了解马灵芝了。

王逸坚持只有红烧肉她咬得动。父女二人争执了几句，最后觉得空碗比较能终结这场争执。整个晚饭，李挪的视线一直飘向那个空碗，饭桌上的气氛也莫名其妙凝重了一些。又因为王青山没有去楼上和他们一起吃，李挪也渐渐怀疑他会不会倒掉，像马灵芝一样。

李红杨则麻利地吃饭，嘴里不停咕哝着，死了一个，另一个也不久了。这话不好听，但王逸没说什么，在井巷街上，倒还真的很少有老人能独自活很久的。没有人能毫无挂碍地度过一生。真有，井巷街的人也会觉得那是傻子，但谁都知道傻子多是不长寿的。

这天是二月二，年关刚过没多久，贴上的对联就已经有了一股风尘气。李红杨煮了一大锅龙须面，蒸了小酥肉，趿踏着拖鞋指示李挪给王青山端到楼下。李挪从爷爷背后望过去，心里觉得他会突然从椅子上倒下来，就像家里曾经供着的陶瓷神仙一样，伴随两根粗壮红烛的灯油，泼在木桌上，淋到胳膊上，疼痛、滚烫，碎了一桌的瓷片很快被灯油凝固住，成为另一种形式的塑像。

但这一幕终于没有发生，至少在王青山吃光一大盘小酥肉和龙须面后还没有发生。李挪记得，很早之前她觉得奶奶会彻底出走，像无数个出现在寻人启事中的奶奶们一样。从家门前一路往东，或者向西，一去不复返。但在井巷街，随便走出去都会碰见熟人。熟人们连成一张人网，消息很快会传到老王家人的耳中，谁也别想走出去。因此，马灵芝从来没出走超过两千米。最长的那次，她走到了护城河，护城河紧挨着南海禅寺，那是正月十五，上香的人群几乎要踏平她单薄的身影，她被一个经常在城西卖馒头的莽汉拦住了去路。很快，王逸和几个姐姐赶到，像抬轿子一样，把马灵芝载走了。那是她最接近仓平县城外的时刻，却丧失了最后一次离开仓平的机会。从此以后，马灵芝的活动范围只限于老王家门前五百米左右。王青山总是紧盯着她，甚至连邻居们也会不自觉注意她的动向。李挪非常遗憾，遗憾自己也会盯着马灵芝，虽然她总希望她出走，这样，在离开仓平的年代里，她就可以以寻找马灵芝为借口游荡在这个国家的许多地方，也顺便离这个家远一点。

井巷街沿着仓平蜿蜒向前，把整个仓平松松垮垮地包裹了进去，就像王青山在马灵芝死掉之后这一年松松垮垮的身体。他这样的身体状况应该已经有好几年了，只是马灵芝死后，人们才注意到这一点。

比如王逸和几个姐姐。

这一天是商量好的几姐弟的“聚会”日，其实更是一次家庭会议，商量扫墓和走亲访友的事，顺便也招待一下拜访的远房亲戚，有的人可能还会补上上一年欠下的份子钱。在王逸印象中，除了李挪出生时没有随父姓这件事，也就是马灵芝的死，让他们又轰轰烈烈家庭会议了一把。

中午饭刚过，他和往常一样在和了第三盘之后躲到了顶楼浴室开始了漫长的泡澡期。至于井巷街为何流行顶楼泡澡，李挪这一辈是不知道的，王逸也很少细说。在王青山的日记里，这是因为井巷街临近护城河，护城河边上是南海禅寺，南海禅寺边上有很多柳树，每年二三月柳絮会飘到井巷街上。也许是结了佛缘，柳絮总能赖到初夏时节，如果这当口不驱走，它们能在井巷街上结成一面薄膜，倒像是天然的暖气片似的，一来二去，井巷街就流行起建立顶楼浴室这个项目。顶楼房价也突然飙升。这事儿听起来有些荒诞，但在这样的说法中，大家感觉井巷街倒真的比别的街道炎热一些。

王逸在浴室待得久了，就越来越懒得出来，李红杨回家的脚步声时常从马路牙子和楼梯上传来，可他还是昏昏欲睡。他知道再过几分钟李红杨就会走进浴室把他骂出来。然而，这次，跑上楼顶的是王青山的猫，王逸一瞬间觉得父亲倒掉了。像是把垃圾袋一样的身体里腐坏的器官清洗出来，被扫大街的弄走，再拉进附近灌坑街的回收站。

可猫只是象征性用前爪挠了挠王逸浴室的门，发现无果，就下了楼。王逸却有感觉，他被惊醒，穿上衣服一路跟着走下去，跑到楼下的时候，只看到几个姐姐站在王青山面前各自聊天，他的肩头再次坐上两只猫，像雕像一样立着，没有倒掉。随着他的到来，姐姐们的目光也投向他，王逸一瞬间觉得自己像走错教室的学生。这屋里的人不多，但因为都是兄弟姐妹，居然变得黑压压起来。他没头没脑地说了句："你们来了。"

而他的记忆，随着这句话，突然全部苏醒。他意识到这一天要去扫墓，意识到李挪这个夏天毕业，意识到李红杨跟他岌岌可危的婚姻，意识到他跑下来是突然很担心王青山的安危。他害怕他倒掉，像马灵芝一样：在床上，整个人还毫无察觉沉默在睡梦中，气息就倒掉了——是的，他终于想起这件事，其实他也没有忘，只是不刻意提起罢了。马灵芝死了，这条街上唯一的更年期精神分裂患者、脑血栓患者，倒掉四年了。

上

往生曲

对马灵芝的更年期精神分裂症，井巷街上的人称为

“往生”。

这说法只在王逸和王青山两辈人中流传。再早的人都不在了，最新的人只当马灵芝是摆设。小少年们第一次见她会怕，第二次第三次就开始学会说：“门口那个疯老婆儿呢？”

最开始，如果遇着大门紧闭的情况，马灵芝可能是被子女接到家里吃饭或者带去散步、洗澡了。也可能是跑到里屋对着镜子自言自语，衣冠不整。第二种情形很少有人能见到，它多半发生在晚上，即使不是在晚上，马灵芝也会制造出晚上的氛围。

那儿年，王青山仿佛得了嗜睡症。头天晚上八九点上床，第二天中午十二点也不见起来。只是那时候他不很老，算起来也就六十来岁。有时候王逸会下楼专门推推他，看到眼睛睁开或者人动了再心满意足地上楼。可惜这些勤劳又庸碌的中年人总是没那么多耐心。很快，这任务交给了李挪。那时候她还小，堂妹王舒更只能在襁褓里对着她咂吧咂吧零食的嘴哭。她是整个家里最无所事事的人，再加上幼儿园放了假，就更加无聊。

王青山总在睡觉，李挪就霸占了小卖铺的空间，请来看店的人不在，她就把各种烟盒展开剪鞋垫儿。这东西在夏天的井巷街上很适用。通常王青山睡上一个白天，黄昏稍微清醒的当口，李挪就能像端饺子皮儿似的端出一大碟剪好的烟盒鞋垫儿。这些鞋垫儿如果不能及时端到王青山的床头，或者恰好李挪打了一个盹儿，它的背面一定就被马灵芝写上了胡言乱语。

这胡言乱语基本透露不出任何有用信息，就像马灵芝突然有一天胡言乱语的时候咬了前来照顾自己的大女儿，不停重复那几个音节。

“妈打，妈打！”

井巷街上的人说她“往生”了，也就从这俩音节的流传开始。

那天晚上很闹腾。

作为整个仓平县城区最僻静的一条路，李挪钻进楼里也能听到马路上人们清晰而开阔的交谈。井巷街根本存不住任何秘密，更不用说这一场深夜的歇斯底里了。

李挪的叔叔王勇和婶婶柳扶云吵得不可开交。

柳扶云是井巷街上比较出名的女人之一。她来自农村，家里在集市上开了小卖店，渐渐成为百货超市，在仓平也开了好几家连锁店，席卷了整个县城。柳扶云出手是老王家最阔气的。她身上保留了仓平县农村的一些习惯，比如不喜欢拉窗帘。

在稍早些年头，仓平县城的人也是不拉窗帘的。不仅不拉，李挪家房子刚刚盖好的时候，人们为了方便，甚至还会穿过李挪家一楼的客厅来到后面那条灌坑街上。有时候一个远处的招呼，都能让他们抄近路随意进入一户不熟的街坊家中，并且双方都不会觉得有任何不妥。

可那毕竟是早一些的事情了。自李挪懂事起，马灵芝和王青山居住的一楼就很少再走过行人了。

只有柳扶云依然在大白天拉开窗帘，白白的身体钻出浴室，感受阳台外面投过来的日光。这感觉很美好，仓平仿佛一瞬间变成了什么大城市，而她柳扶云也不像三月份从护城河飘来的柳絮——不是轻飘飘的，是足够皮实的，是能够端得起来、放得稳当的肉身。

那天，柳扶云把自己晒得热乎了，就钻进了被子里呼呼大睡，零点起夜的时候开了卧室灯，对面开棋牌室的屋子也亮堂得很，王勇就在那屋里和别人一道瞅见了柳扶云的身体。这场面虽然尴尬，但大家心照不宣也就过去了。

然而散了场，王勇回去之后一把打醒了睡着的柳扶云。

当时李挪正拿着手电躲在被子里看小说，不知是墙壁变薄了还是这打斗声成为影像投射到李挪的房间，她居然看见了他们俩的影子。在一辆闪着灯的洒水车倏忽而过之后，李挪迟钝的细胞伴随着外面的车灯和墙壁后男女的争执突然苏醒。也正是这时，在安静得能碾碎一只蚂蚁的井巷街上，李挪准确无误地捕捉到了马灵芝的声音。

“妈打,妈打！”

咬字清晰,完全不容怀疑。这声音此起彼伏,像是现实和梦境的二重奏,让李挪在确认之中陷入一场听觉旋涡。她试图叫醒沉睡的父母,可他们像假死一样完全感觉不到她的呼唤。她蹑手蹑脚拿着手电走下楼梯,用备用钥匙打开马灵芝和王青山的一楼房门,在“吱扭”的开门声中,她看见在手电青绿色的灯光下,马灵芝什么都没穿,对着一面边框是月季花纹的立式穿衣镜叫着那几个字眼。

“妈打！妈打！妈打！妈打！”

她还太小,无法体会这几个咒语一样的字眼飘荡在井巷街上是一个怎样的开始。这个晚上,她更多感觉到的是穿过脚底的寒风。这已经是冬天,而她还穿着凉拖鞋,脚底踏着的仿佛是冰冷的墙壁——那面把她惊醒的墙壁,依然持续争执的墙壁,伴随着马灵芝叫唤的墙壁。不过这些都不重要,重要的是,她的眼神,叫奶奶的声音,都湮没在马灵芝对自己的凝视中。她自言自语,完全没听到周围的声音,像是在对另一个人说话;她双乳下垂,手臂不规则地上下挥舞。李挪立在她的对面,像在另一个空间,在这个平行的空间里,她和往生后的马灵芝一同成长,而往后的日子里,她也将不断感觉到那个瞬间的撞击,在梦中回到那个片刻凝视马灵芝的感觉。她的成长将是迅疾的,马灵芝却是毫无变化的。她六十几岁的时候是这样,八十几岁的时候仍是这样。她的身体仿佛抛锚在那条始终出走却不断失败的路上。第一次路过井巷街的人们只能依靠参照物们的形貌来判断她实际的年岁——这些参照物有时候是她的子女们，有时候是王青山，有时候是李红杨。他们变化很快，脆弱易老，仿佛一件件风霜瓷器。而对于丧失语言组织能力的精神病人马灵芝，这种观照对她又有什么意义吗？

顶楼浴室

井巷街上的澡堂都在顶楼分布，老王家算是这里面赶上潮儿的，率先在自家顶楼盖了一个。说起来冠冕堂皇，实际上是顶楼漏水严重，不得不重新修缮，也就顺道修了一间浴室。这玩意儿帮了王逸大忙，每当他和李红杨吵架，就躲进顶楼浴室。有回他睡着了，一晚上没出来，李红杨不得不叫了几个邻居把泡得白花花的丈夫从浴室的木桶澡盆中抬出来。

说起来，井巷街接收了很多护城河飘来的柳絮，氧气不足的情况自然常有。头头们认定这只是老百姓的错觉。井巷街上飘着的柳絮细小如蚊，如果不戴口罩，很容易把他们吸进鼻子里去。每个春季，井巷街上总是一片咳嗽声。柳絮把井巷街罩着，呈现出一种奇异的暖湿感，和豫南本地的气候有些不同，让人心里痒痒的，却又很享受。

李红杨说，王逸就是这样才迷上泡澡的。这时间恰好赶在马灵芝“往生”之后。

“往生”后的马灵芝成为井巷街上的摆设，每个人都会望她一眼，但渐渐地，他们会忘记她，仿佛从那一刻起，她就只有死才能得到牵挂了。当然，不包括那些失败的出走经历。

不过在一次李挪都不甚了解的出走经历中，王逸是从浴室出来把马灵芝拽回去的。这部分要归因于南海禅寺念经的和尚们。

南海禅寺的和尚们时常神龙不见首尾，他们有时候会在仓平的街上化缘，有时候骑着小电动行色匆匆。还有的，开着小汽车。成片的念经声多数时候只在节日才会出现，不过据说也很少了。法师开个光是三十块，进寺的门票是二十块，李挪考研究生的时候，李红杨进寺找法师给她的小金佛开了光，可惜金佛后来丢了，李挪也没考上研究生。

那时候，正是南海禅寺刚刚收门票的时候。逢到春季，门前的树长出了新叶，站在老王家的二层小楼上能清楚听到寺里传来的“佛音”，不过这不像是人发出的，更像是机器。机器里万人念经的壮阔场面，响彻每一间佛品店。在卖假货的佛品店里听，声音浑浊一些；在都是真品的佛品店里听，声音清脆一些。王逸当年和李红杨一起卖挂历挣外快的时候，好心提醒一些外地游客，导致他的挂历摊一度红火，但也不知是不是因此触怒了“佛缘”，那之后王逸父母再捯饬什么小买卖总是不见好。一九九九年做安利，几乎只赔不赚，王逸得了他名字的好，赚不到什么钱，但在小小的仓平，仍旧算生活殷实。

不过，即便念经声来自机器，那毕竟是南海禅寺的方向，对于井巷街上的人而言，终是明乘法师修建的寺庙里传来的“佛音”。即使念经的和尚总是不见踪迹，那仍然是他们存在的证明。

当时的马灵芝，虽然已经丧失语言能力，疯疯傻傻，心里也明白这一点。她照例在夜里对着镜子自言自语，在老王家新建好的一楼来回转圈。当时也没有猫惊扰，王青山睡得很沉。马灵芝得病之后，智商发挥到顶峰，她自己打开了一楼的大铁门，摇摇晃晃从井巷街往护城河南海禅寺的方向走去。那时候柳絮还没有来，天气还在冬末打转。马灵芝哆哆嗦嗦一路走着，“佛音”也越来越清楚。她走得肯定又急促。

护城河沿岸本来是没有灯的，后来南海禅寺外安了几只，算是给深夜进香的人用。马灵芝瞅着那些亮光正欲走进去，却瞧见了几个粗壮的身影——他们开着桑塔纳，在寺院不远处停下来；他们的头顶光溜溜，宽大的佛袍披在身上，像一间间方方正正的大盒子。他们没有看见马灵芝，马灵芝却看见了他们。“佛音”越来越大声，念经的人却刚刚归来。马灵芝不知道是不是该抬脚走进去，在她迟疑的瞬间，已经有和尚拨通了王逸的电话。在仓平，人与人之间的关系千丝万缕，井巷街上的马灵芝，又能有谁不认识？

王逸正在顶楼浴室享受久违的自由时光，冒着蒸汽的水像牛奶一样把他的身体泡得白花花。他的手机在浴室柜上方的保鲜盒里，这是王逸的习惯，他喜欢把重要的东西放在保鲜盒。那天的保鲜盒一直很安静，只在那一刻突然闹腾起来，保鲜盒在震动中不停往外移动，很快就掉到了王逸的头顶，接着是脚下，王逸匆匆忙忙把它拾起来打开盒子和听筒，只见电话深处传来仓平城边上惯常的声音——一波又一波长途客车疲倦的喘息、一些来往行人的高清版调笑声……这一切都让整间顶楼浴室显得空旷，白色水蒸气似乎瞬间不见，王逸只看清了马灵芝瘦小的身影。地点不需要过多交代，老一代的仓平人，早已经把这座城画在身体里。他匆匆穿了衣服，走下楼拿了外出的电动车钥匙，李红杨均匀的呼吸还透过敞开的卧室在客厅里飘荡，王逸已经在楼下启动了电动车。它电量不足，声音笨拙。在一片夜色中，卖油茶的人和卖早餐的摊点已经开始忙活，几声吆喝肆无忌惮地响着。王逸也不需要开太久，就能在南海禅寺旁边一个小摊点上看见被人拦住的马灵芝。她的脸瘦而长，随着年龄的增长，堆满皱纹，远看过去就是一摞摞不规则堆积起来的烙饼侧面，根本看不清长相。加上她身材瘦小，蜷缩成了一个斜方形的保险柜。王逸在保险柜里取不出什么东西，她的丈夫和其他子女也是，但王逸会看清她，会用一声"妈"把她叫回现实。自此，她一切离开井巷街和仓平的挣扎，都像是漫长的过家家。

没有声音的房间

李挪长大之后，再也没有遇到过这样一条街——一条站在顶楼，仍然能清楚听到下面传来的远远近近声音的街。这让她觉得，井巷街即使在热闹的时候也是属于那几个人的。可仓平人都知道，井巷街是全城容量最大的一条街。曾有人分析，井巷街人即使足不出街也能活得很好。

这条街上有副食品店、菜场、垃圾站、殡仪馆、婚纱店、民政局等等。唯一让人感到不适的，也就是乡下的百姓来这里晒麦子的时候。

井巷街虽然不算宽，但在仓平也是数一数二的阔街，再加上和政府大道只隔了一条马路，它总被修缮得很仔细。白天的时候不会像中心大街那样车来人往。因此，这里变成了晒麦的首选场地。老王家门前的空地上有时候也会有躺下去晒麦子的人。他们理所当然地躺着，仿佛这里就是乡下的麦场。

在仓平，习惯是人怕车，但在井巷街，习惯是车怕人。李挪眼见过许多小汽车在晒麦场上翻车，因为有人的地方就有麦场，仓平的小汽车上了麦场，没有哪个能不翻车。李挪觉得晒麦人的理所当然是有理由的，从此也很少从那里走，只有出现雷电的时候是例外。

也许是因为“保护膜”的关系，井巷街在特殊季节比别处要热一些，因此，夏天也会来得早一些。

夏天暴雨都有一样的特点——猛、急、厉。猛和急自不必解释，而厉则是王青山总结的；另一说，这是马灵芝总结的。

王青山有没有总结李挪不知道，但马灵芝是很有可能去总结的。她毕竟是唯一看到过暴风雨发力的人，至少她是这样说的。

一般情况下，雷电交加的时候，井巷街的人们是不出门的，可如果雷电打进了家里呢？李挪记得，小时候每逢暴雨来临，家里的电源都会关得死死的。家人立坐在黑暗里，一动不动，像走不出剧院的木偶。彼此之间也不说话，仿佛一讲话，连语气都会有电光。李挪恋爱的时候会偷偷把手机开着，藏在口袋里，然后它“噼里啪啦”一声，等到雷电过去，就一直是黑屏的状态了，去哪里修都没辙。

那是李挪失去的第一部手机。此后她还丢过以及用坏过无数部手机，都没那一部来得心痛。如同老王家的楼梯走廊还将摔折很多人，也只有那么一次让全家人很伤心。

那回，雷电打进了老王家。

在井巷街，如果有人在雨夜送信，去的那栋一片漆黑的房子一定就是老王家——作为时常有邮递员表示找不到门牌号和位置的老王家，那是送信的最好时机。作为补偿，李红杨每次都会给邮递员五块钱小费。小费数额是王青山定的，虽然结账的不是他。

坚持住楼房，是王青山那一辈仓平人心中的情结。在井巷街这一个普遍收入水平不高的地方，倒退几十年，有点身份的人都是住楼房。可惜王青山在那个年代偏偏没住上楼房。井巷街上盖起第一批三层小楼的时候，王逸和李红杨顺从了老人的意思把二楼让出来给他们住。一楼空出来预备租出去当车库，可惜招租了很久，倒是把旁边堂兄王勇家的车库给租了出去。

王青山在那几年腿脚还算灵便，马灵芝除了生活不能自理和语意不清，也算能动弹。王青山时时会搀扶她下楼。在王逸还在睡梦中、李挪还在写作业、李红杨一个人呆坐客厅等待雷电过去的那个傍晚，两个老人在窄窄的走廊里一前一后搭着手下楼。也许是走廊墙壁比屋子里厚实，王青山完全没意识到雷电打了进来。不过那天确实很例外，雷电一般只在漆黑一片的夜晚才打进老王家，可那天，黄昏一过就进来了。

那个季节在老王家人的记忆中已经很模糊了，可能是夏季，也可能是春季，甚至可能是秋季。冬天之所以打不进来，是因为它在进入墙壁和玻璃窗之前就在外面凝固了。凝固的一块，根据雷电们的心情，可以变换出好看或者不好看的造型。当造型是树枝的时候，它们还会像真的植物一样继续生长，把老王家包裹成一间冰屋；如果造型完全无法辨认，那多半会在第二天早晨太阳升起时就碎成渣渣。

那一天的雷电显然比较烦躁，打进来的声音也比往常粗重一些。李挪在那一瞬感觉笔尖写出了火花，马上停下。这一停让她很惬意。在学习的年代里，或许很多人幻想过监考老师生病住院第二天考试取消这种傻事，以及上课的时候老师突然有事去开会，大家自由活动了一节课这种戏码。李挪当时就是那种心情，她享受了好一阵才意识到其实该和王逸说一声，不然他的梦撞击到雷电，身体是会自燃的。可她看见客厅里的李红杨后，就停住了脚步，只见李红杨用胶水把王逸全身粘在床板上，并用固定器让他的头、肩、手、腿、脚不能动弹。李红杨看见李挪，做了一个"嘘"的手势，李挪也马上站在原地不动了。

她知道，雷电彻底进来了。

耳鸣在两个女人和一个睡着的男人间转悠了一圈，感觉没什么能量可带起就去了楼下。李挪稍微有些松懈，等待这难熬的几分钟快点过去。可她根本来不及等太久，雷电就在楼梯走廊完成了一场室内雨。

室内雨在井巷街并不算特别，尤其是漏过水的房屋，逢到暴雨天，一整条街的人都得在屋里打伞。不过室内雨也是有人性的，它们只在走廊下得最严重，必要的时候带点火花也像玩笑一样。而雷电走得太快，把王青山绊倒了，还好他的右手扶住了栏杆，但是马灵芝就惨了，她的右手只扶住了空气。随着一阵电光，她的手指有如烧焦了一样发出“刺啦”一声，她感觉全身红肿发烫，不自觉去触碰眼前的雨水。楼梯仿佛变得稀薄、歪斜、软绵绵。它们根本支撑不了马灵芝的身体，她被软绵绵吸引，丧失了防范。

全家人只有王逸梦见了这个场景。他的梦里仍然是顶楼浴室，他浑身发白，李红杨在浴室门外叫他，他觉得自己听见了，可就是不愿意回头。他任凭自己在水中溶解，像一罐粉末，漂浮在浴池水面上。他听见了外面淋雨的马灵芝在叫唤。

“妈打！妈打！”她叫得年轻、热烈。可没有人能伸出手去扶住她。连他这个做儿子的也不能。她坠了下去，像是一团麻将，散乱地平铺在走廊深处的地板上。睡着的王逸在那个梦中，脑海里浮现出的最后一句话是——俺妈最喜欢玩麻将了。

失重时代

井巷街上的人都没听到马灵芝摔下楼梯的声音，但后来很多人说，看见老王家的楼房震了一下。连带楼下的夜宴酒吧都发生了一场小“动乱”——杯子受到了震动影响，从桌上逐个掉了下来。

这一幕原本很好解释，至少推脱给某个服务员是很容易的，但那天酒吧休业整顿，没有服务员。虽说也有可能是谁趁着黑夜进了店里把杯子打碎，但贼为何只在乎几块钱的杯子而把酒吧里别的财物留下？无论如何，这件事把酒吧老板吓坏了，他决定把休业的时间延长一些。

至于马灵芝摔没摔下来，井巷街上的人就不知道了。他们只知道，那之后马灵芝时常“失重”。

她总觉得自己始终处在飘浮中，不能落地，甚至因而轻生。她也幻想自己在飘浮，即使踏踏实实走在晒着麦子的井巷街上，那些麦粒的“咯吱”声也不能让她感到自己真真正正走在大地上。对于失重者而言，飘浮是一种常态，可惜，她只能感觉到此时此刻的状态，而不能记住这种状态。

对于马灵芝，老王家的人要时时刻刻安慰她失重后的恐惧心情。她得了精神病之后就丧失了语言表达能力，总是发出一些奇奇怪怪的声音。通常，王青山会努力让马灵芝多睡会儿，这样需要解答的次数会少很多。

睡觉严重破坏了马灵芝的身体，让她各项机能开始衰退。外表上，越来越瘦、越来越矮小，体内的黑色素增多，皮肤也皱巴巴的。马灵芝坐下的时候，身体像被皱纹包裹的棉布，仿佛一层层旧衣服叠在一起。

随着马灵芝身体变差，王青山也会跟着萎缩。老伴，老伴，也就这点算得上一致。

这大概是老王家的共识，也正是怀疑这点，几个子女开始轮流照顾马灵芝和王青山的饮食起居，并陪王青山多说几句话。不过想法虽好，子女们把王青山的客厅塞满的时候，绵密的声音从四面八方汇聚在这里，这一间间最终都变成子女们交流感情和生活的会所，他通常插不上什么话。长期的失语让他变得表情呆滞、行动迟缓、面色黯淡，渐渐像死去的人。

这成为一个恶性循环，本来是围绕他进行的交流，最后他竟成了绝缘体，子女们也像鸵鸟一样无视了这点，只当自己也陪了老人，收拾了房间，关怀了身体，询问了健康。交流未起到任何实际作用，可它仍将继续。

这样的日子持续不久，马灵芝的失重终于抵达一个巅峰。

老人之前喜欢相互传染，一旦谁得了病，另一个总像是跑不了太久似的。传染的范围不仅包括疾病，也包括生活习惯，甚至回忆。

有一次文化局做测试，给每个老人戴上耳机，发现有些完全陌生的两个人能听到对方耳机发出的声音。如果耳机和耳机之间用线连接，脑电波最强大的那个人能将脑子里想的事情灌输给其余戴耳机的老人。

这个发现让人很是害怕，万一哪个老人一时兴起做了一个梦，第二天所有老人都因为这个梦做一些奇怪又统一的举动就麻烦了。因此，井巷街虽然是仓平老龄化最严重的一条街，但它依然是危险领地。

后来不久，井巷街通往中央大街的出口处有卫兵把守，虽然他们的战斗力看起来也就是保安水准，但这样两个人站在那里，还是能给人一些心理安慰。

其实历史长河证明这些担忧有些多余。

老人们做过最统一的举动无非是一早醒来拿着纸浆和红色油漆，把整条街的墙壁刷上一些莫名其妙的标语，例如，生男生女都一样；辛苦一阵子，幸福一家子（暗示妇女绝育上环）。

可无论是怎样的标语，能让整条街的老人跟随自己是需要强大的心理依靠的。有的老人在梦中时，也有很多追随者。他们依靠自己发出的声音吸引无数追随者，追随者在梦中成为搬砖工人、流水线工人、教书匠……多数是苦力。这些追随者在梦中的苦力，承担了被追随者大部分工作，支持了他们梦中的洗脑教育——教科书就是每个年代流行的那几本书。有的书写得不错，只是被规则毁了。

马灵芝，就当了一次被追随者，虽然她从来没承认。当然，她也没办法承认。

那回，晒麦人走遍全城，瞄准了井巷街这块僻静宝地。

偶尔几辆开过的汽车踏过麦子扬起一阵黄尘。马灵芝从房间里颤巍巍走出来，视野里都是金色的。她的思绪还停留在半梦半醒中，她尝试着说话，但什么都没说出。她觉得身体飘浮，周身都在向上旋转。她走在麦子上，“咯吱咯吱”的声音也没能让她觉得自己落了地。

她用求助的目光望着身后的王青山，他仍然像雕塑一样开始每天的“晒暖”，两只猫那时候还只有一只，已经试图爬上他的肩头。

一切如常。

及至晌午，马灵芝才看见很多老人从远处“飘”来，他们步伐沉稳，他们的脚步没有声音。他们大部分来自井巷街，也有少部分来自离井巷街很近的护城河沿岸。他们看起来都从睡梦中醒来不久，表情略显呆滞，有的人脸上挂着微笑，神色却非常焦虑。

他们把马灵芝围成了一个圈，不少人嘴里咕哝着什么。

“妈……打……打……”

这声音在焦躁的跺脚声中显得遥远，也很快在人群中落了地。

人们的脚步把麦子碾碎成粉末，仍然觉得自己悬浮在空中。有的人觉得自己在空中浮动，那就还好些；有的人干脆觉得自己是凝固在空中的，无论如何挪动不了身躯。

马灵芝愣愣地看着这些人，她挪动一下，所有人也跟着挪动；她静止，很多人也跟着静止。

随着日头迫近，所有人都失去耐心。马灵芝虽然疯，但她心里还是清楚的。她没有继续多想，就越过晒麦人休息的空地，往护城河的方向过去。可随着地理位置的漂移，仓平一些别处居住的老人也感觉到这种召唤，失重者的队伍渐渐扩大，他们被一个病人牵引，去往不知情的地方。

马灵芝腿脚并不方便，有时候走得慢，有时候走得快。人群就跟着她时而快，时而慢。这一列人马，脸上淌着汗，精神头却还很足。除了马灵芝，没有人想到擦一擦，也没有人想到停一停。

马灵芝在河边溜了两圈，没有再迟疑，便扎进水里，仿佛一个矫健的年轻人。

岸上的人们迟疑了一下，有的眼瞅着河水并不干净——生理倒是比精神清醒得多。马灵芝也不在意这些，居然游出了欢畅的感觉，人们再看见她时，她已经从对面上了岸，站在日头下，想要晒干自己的衣裳。

有人着急，也不管不顾钻了进去。可是会游泳的人毕竟不多，尤其这些六十岁以上的老人。很快，河里溺水的人就堵成了一团。马灵芝听到这些喊叫，脑子里闹腾得很，又不停吼起她的招牌话。

“妈打！妈打！”

人们的声浪伴随马灵芝的吼叫，像井巷街的高音喇叭，一波一波往县城中心滚去。

那天救援人员来了不少。倒没什么老人溺水而亡，但吓出心脏病的有几人。毕竟全城的老人都在这里了。有几个老人始终没敢跟着下水，在岸上吓出大小便失禁，从此生活不能自理。

老人们的子女在那之后几乎踏破了老王家的门槛。刑事责任无，但精神损失和医疗费用让王青山赔光了所有的养老钱。这件事也让几个子女一顿好吵，王逸一连躲在顶楼浴室好几天，全靠李红杨对外发言。李挪每天往顶楼浴室送饭时都能听到外面清晰的争吵。连婶婶柳扶云都从外地回来了。

柳扶云自从离开了仓平，总是隔很久才回来一次。基本也只看望女儿。她这次回来倒在井巷街待了很久。房间里灯火通明的，感觉永远都有人说话。几个不常出现的姑父也来了，老王家成为井巷街上最热闹的一家。

李挪因为对此事毫不关心，只知道几个姑姑轮流照顾两位老人。王逸在顶楼浴室待到第七天的时候，正好轮到了李红杨去照顾。王逸漠不关心，李挪就索性听了很多唠叨。大学的课程少，她因为父母关系的冷淡和紧张时常回来看看，但起不到任何调和作用。每天唯一的乐趣就是看门口的骂战。

骂战一方是以三姑父为首，号称先把老人最后的遗产分掉；另一方是大姑为首，要求给王青山存个单独账户，以后看病所需都从账上拿。王逸作为长子只能加入大姑阵营。

中立方是李红杨和柳扶云这种事不关己高高挂起者。

最开始大家只是普通吵架，动口不动手，也就浪费一些唾沫。可这次就不一样了。李挪本是站在顶楼看着这一切，马灵芝就站在李挪视线的下方。几乎是同时，顶楼浴室发出粗重的喘息声。马灵芝也以小碎步继续往护城河边走。骂战到激烈时，谁都不愿意打断，李挪注意到这一切也选择了噤声。毕竟王逸就算在浴室待太久，马灵芝也只是走到不远处。

很快，王逸打开了浴室的门，他穿戴整齐，看起来并非因为憋闷。他面无表情，示意李挪下楼看着马灵芝。

“你不是没所谓吗？”李挪学着李红杨的腔调说。

“看着你奶，别再漂起来喽。”王逸说。

李挪觉得胸口有股气，像百米冲刺一样跑下了楼，还摔了一跤，膝盖红肿。

她走到不远处就停了下来，李挪只能看到马灵芝的背影。她的背影本来因为活动量少正积累着越来越多的脂肪，此刻却像是全部卸载了，越来越薄，越来越轻，像是展开的、瘫软的纸片，正吸收着井巷街上空密密麻麻的水蒸气，那些从各个顶楼浴室飘出来的水蒸气。它们慢慢汇聚起来，形成河流，渐渐把马灵芝的双腿淹没，没过整个下半身。李挪愕然，正如她看到的一样，马灵芝被水流淹没，这水流也只是淹没马灵芝一个人，它们仿佛被画成圈，流不到李挪身边去，也流不到井巷街别的地方去。马灵芝本是在水里翻滚了一下，现在却渐渐越升越高。

很快，水就会漫上来的。王逸坐在顶楼浴室说完这句话，就像氢气球一样升到了浴室的天花板上，他的头皮紧贴着天花板度过了这个夏天。也还会度过更多个夏天。

下

西北雨

井巷街不在西北，也不在豫北，它完全跟北不沾边。直到现在，不远处的天中山还证明着它处于九州之中。

不南不北的身份让它在大地之上显得流离失所。然而，井巷街的人喜欢说自己是北方人，他们的习性也带着北方的气息。李挪从小觉得自己是北方人，从未改变。

井巷街上遍布着狗肉火锅店和特色烩面馆。即便是夏季，也热闹非凡。额头的汗流到碗里，变成盐分，越吃越上瘾。

还有一种食物，名曰鸡肉丸子。只有老王家隔壁的吴记做得最为正宗。每天过了晚七点，铺前就挤满了食客。往丸子汤里加豆皮、芫荽，热气汩汩地往白汤上冒，再拿筷子点一滴香油，几乎构成了一个特属于井巷街的味觉夜晚。

如果是早上，卖油茶的男人会在五点准时吆喝，他的吆喝总是唱得很遥远，如果睡得沉，总会觉得那声儿来自梦中——它从远方越走越近，睡熟的人也走在醒来的路上。等到天光泛白，日光便是窗帘也盖不住。如果不赖床，李挪可以赶上不远处的早点摊，有胡辣汤、水煎包、豆腐脑等等可供选择。她喜欢把胡辣汤和豆腐脑掺在一起，配上水煎包或者牛肉盒。有时候她吃得太饱，总会在课堂上睡觉；有时候只喝一碗汤，反而一上午都能保持清醒。

如果在周末，李挪从家属院回到爷爷家，能赶上一周一度的唢呐艺人的演奏。他个子不算高，但人很精瘦。他骑着二八自行车，到了井巷街就停下，推车步行。车座两边挂着芝麻酱桶。一曲唢呐吹毕，几个颤巍巍的老人已拿出盛芝麻酱的宽口瓶，唢呐艺人有模有样地与他们搭讪几句，顺便也就把芝麻酱装了进去。他的收费标准比别处要高一些，质量却谈不上好。李挪记得他的芝麻酱总是盛得很稀，但也没所谓了，他这么爱演，给很多人带来了快乐。

不过，这都是十岁之后的记忆了。

李挪出生的时候井巷街还没有医院，李红杨只能住妇幼保健院。在李挪很小的时候，她只记得去妇幼保健院的路非常远。仓平是个小地方，从西头走到东头也不过是几十分钟的事儿。井巷街，就坐落在县城边缘，七十年代的时候这里到处是垃圾场，街中央还存着一个化粪池，甚至有城中心的人来这里倒垃圾。小商小贩们都住在这里，造纸厂、化肥厂的工人也把家安在这里。他们有人住两层小楼，有人住平房。老王家住的就是平房。和农村并无二致的堂屋内摆着李挪两个老祖宗的照片。他们笑容和蔼，照片前的水果、甜品总是馊掉，直到引起蚊子的战争，才会被换掉。

王青山开的小卖铺时常有即将过期的食品堆积在那里，李挪有时候会把难吃的零食丢在院子里的枣树下，也会埋在柿子树下，甚至埋在白萝卜边。偶尔去爷爷家时，这也成为为数不多的游戏之一。

李挪一家当时住在县城中央的财政局家属院。院子较王青山的家要干净、现代。楼房是八九十年代的新楼，青灰色，六层高。

楼前的院子小，孩子们抬起头能看见一块圆形的天。

李挪出生的时候，因为是女孩，马灵芝在妇幼保健院的绿墙角狠哭了一把。不过这都是别人说的。那时候马灵芝人还正常，没有精神病也没有脑血栓，每天雄赳赳气昂昂地跑去打老年牌，输了就任凭李挪多哭一阵，赢了就把她高高举起。不过，这些日子在李挪的记忆中早已荡然无存。

她记得老屋的正中间有一块水池。冬天的时候，大家会在水池边堆雪人。那时候的冬天不像现在，雪存个一周还是很正常的。李挪的雪人一般又小又丑，却化得最快。有时候一觉醒来，雪人只剩下一个底座。更多时候，王青山每天早上都会铲雪，李挪的雪人多数时候都被铲到水池里。王青山有次失足掉进水池里，起来之后身上已经披了一层冰，阳光一照，又成一层水。柳扶云抱着刚出生的堂妹，从里屋悠悠地走出来。叔叔王勇的情人会在午后来找他，她一般撑着花阳伞，前脚迈出楼梯时，伞就已经撑开了，李挪至今不知道她长什么样。

继续罗列下去也没什么意思，重要的是，这些记忆里都没有马灵芝，那个疯癫之前的、正常的马灵芝。

就像那个著名唢呐艺人所言，马灵芝从来没出现过，难道不是吗？

《元宵夜》

李挪记得，唢呐艺人出现过三次。

第一次前面已经讲过，后面两次，也基本没有大的变化。那时候李挪已经上了初一，视力大不如前，需要借助眼镜才能辨认远方走来的唢呐艺人。并且，当天的日记里，李挪一定会写他，毕竟生活这么单调，总要渲染一些色彩才能活下去。李挪就是这样。

后来，为了方便称呼唢呐艺人，李挪打听出他的名字——在井巷街，人们叫他林宏。

传说林宏不是仓平人。有人说他老家在广东潮汕地区，以至于现在，豫南话说得也不顺溜。但他的外地口音却给生意带来了便利——在仓平，外地人总是比本地人好做生意。

林宏先是给乡里的百姓做红白喜事，另外卖芝麻酱。直到发现自己和很多同行比毫无市场竞争力，就把两件兼职做成了混搭。没挣上大钱，却在井巷街吹出了名气。李挪离开井巷街之后，他已经成为有出场费的民间艺人，有头有脸。

但他日后再如何飞黄腾达，李挪再想起他仍然是那张讳莫如深又怯生生的脸。

那几年，井巷街街头盖楼的工人不少，很多都是外地小伙子，说普通话，完全融入不了百姓的生活。

有时候李挪在家里写作业，往外面看一眼，偶尔还能看到泥水匠被吊在对面五层楼上，不自觉地向她瞟一眼。井巷街街窄，楼对楼仿佛是脸对脸。

有一次，李挪还听到了一声闷棍般的巨响。

只见楼下的一团泥包上，躺着一个四仰八叉的男人。他的衣服脏兮兮的，已经看不出颜色。泥包本是有麻绳拉着，现在已经完全脱了缰，袋子撕开，露出一摊摊灰色的水泥。男人的身上也扯着几根麻绳，顶端连接着楼顶施工柱。从李挪站在远处的角度看，那几根绳索细如毛线，而男人，则是一个提线木偶。

提线木偶摔出了一摊血，细细麻麻流出一条红流，蜿蜒过整个工地，向井巷街另一头缠绵。他的骨架也仿佛散了，人们把他围了个密不透风。而林宏的唢呐声就在这时候响了起来。

他这回没有骑二八自行车，而是背着一个大绿书包。鬓角已经有些发白，让他的双肩包显得很滑稽。

他走到泥水匠身边，吹起了一首丧曲。

后来人们都说，那是林宏的成名曲。

那曲子不似红白喜事上流行的几支。准确来说，红白事上的唢呐匠人，吹不出这样好的音色。他们的声音都太热闹，用了蛮力，却不走心。林宏这首显然不是。他仿佛是无意间走来，在男人身边停留了一下。晃晃悠悠，像是搭着轿子。他坐在轿子上面，把整个井巷街都收进了唢呐里。

他吹着，越来越多的人聚集在他的周围。有人打了110，有人只是站着，试图唤醒摔昏过去的泥水匠。也有的人是去买林宏的芝麻酱——他的小推车就在边上，人们自觉倒出芝麻酱，再丢进去相应的钱，林宏根本无须招呼，钱袋里已经鼓鼓囊囊。一把一把一块和五毛的硬币，让他那二八自行车边上挂着的钱袋变得充实，也填满了他的一天。

随着救护车遥远的鸣笛持续拉近，林宏也继续向前走着。

他必然要穿过井巷街踏上中心大街。瘦瘦高高的后背下，是一条长长的、勺柄一样的影子。它扁平、立体，仿佛他的另一个伴侣。它随着他向前而向前，随着他四肢摆动而摆动。它看起来腿比他还长，但走得很慢，一个小碎步一个小碎步地挪动，仿佛生怕走快了，就会喧宾夺主。

林宏一直没有往后看，即使身后的人群发出啧啧惊叹，他也没回头。

那是他的成名曲《元宵夜》。随着他的唢呐声响起又落下，泥水匠摔出的那摊血逐渐回流。细密的红线，像是汇入身体大海的洋流，只是来人间看看风景又失望折返。林宏确实不需要回头，英雄都该只留下背影，这样才符合潮流。他就这样默默符合了一把潮流。

很快，人们会知道，那个在井巷街上吹唢呐的蛮子林宏，居然把一个快摔死的泥水匠给救活了。

但李挪只记得，在那曲终了时，她作为全家唯一的闲人，奉命去打芝麻酱。

那时，王逸躲在浴室，李红杨回到家坐上了牌场，马灵芝在王青山的“监视”下站在一楼大铁门前。

她一路小跑，无论怎么叫，林宏就是不回头。她追着他几乎跑了半条井巷街，林宏才停下来休整了一下自行车，李挪往他的钱袋投了两枚硬币，林宏手中的小玻璃罐终于满到溢出。

这就是她和林宏第二次沉默的会面了。

《海龙王娶女婿》

仓平没有海。

即便是王勇买上了车，在某一天醉酒后往东开了三百千米，也依然没看到海。不过王勇的重点不是看到海，而是去找柳扶云。

在那个被外来人口胀满的城市，柳扶云忙于一个个生意场的应酬。王勇在某星级酒店等了她三个晚上，才在第四天凌晨五点看见一身酒气的柳扶云匆忙躺在宾馆的床上。第二天下午，王勇就回到了仓平。

这对老王家人而言只是一个小小插曲，逢年过节定然不会有谁提起。不过王勇回来后告诉李挪，仓平之外的几百千米是没有海的，甚至历史上也没有。那为什么林宏会吹出一首《海龙王娶女婿》的段落？

他吹得热热闹闹，仿佛真的有这一出，且这一出还是关于井巷街的。

那是某家孩子考上大学的暑假夜晚。那时候，考上大学还算是值得庆祝。待客吃饭太俗气，人家便扯了个白色屏幕自己放起了电影。虽然片子不怎么样，形式也算是新颖了一点点。大屏幕就在李挪家隔壁院，这让她得以蹭看电影。只是那天，放映出现了问题，电影始终没有声音。人家脑筋转了转，就把在另一条街上卖芝麻酱的林宏叫了过来。他热热闹闹吹着，人们也热热闹闹看着屏幕上的字。还有小孩子站在大屏幕后面倒着念字幕。大家各自发挥演艺本领，还玩起了角色扮演。

林宏这曲吹得很长，吹到结尾的时候，电影也行将结束。他鼓了很久的腮帮子终于忍不住瘪下来，说道，这是今天的唢呐曲《海龙王娶女婿》。

沉浸在电影的剧情中，没有人在意这句话。李挪却是觉得狐疑的——海龙王怎么娶女婿？

海龙王那么有钱，当然是要招一个女婿啦。招女婿当然要花钱，花了钱的婚礼不更像是娶吗？林宏说。

天亮之后，林宏再次出现了一回。那之前的睡梦中，李挪只记得，李红杨和王逸在顶楼的争吵足以掀翻整条井巷街。只是人们选择了集体沉默，大家仿佛都戴上了耳塞，不约而同地回避掉各门各户隔音效果差的事实。

随着争吵一声声砸在地板上，李挪感到天花板的墙皮开始层层坠落——它们争相自杀，很快把整间房的地板铺上了一层脏脏的白灰。

照这个趋势，很快，李红杨和王逸就要踏破地板。

她听到他们在说卖挂历的事情。兜售挂历的商业行为让王逸在单位被通报批评，李红杨大发雷霆。她把挂历一摞摞搬出来，先是一张张撕开，再是一条条碾碎。李挪很快意识到不是墙皮掉下来，而是纸末透过漏雨的天花板缝隙掉落了下来。随着李红杨的奋力撕扯，仿佛一分一秒的时间都被她踩在脚下。她的表情由震怒变得平静，而王逸又转身躲进浴室。

他在浴室待得越久，上半身就越摇摇欲坠，或许也可以说，是长期在水里浸泡的下半身逐渐萎缩，仿佛一个不慎就会散成一片，被水冲到下水道去。

为了预防这一切，李红杨在浴室堵住了漏水孔。这让王逸每次泡澡的时候，水都要从浴室流到外面，甚至淹没整个顶楼，给楼下李挪房内漏一场雨。

她当时左手撑着伞，右手却用打火机点燃了垃圾桶内的几张白纸。但纸没有燃多久，就被水浇灭了。这让它们躺在铁盆里的样子非常丑陋——将熄未熄，没有比这更丑陋的了。

李挪嫌恶地把它们丢到楼下，其间还把屋里的雨水舀出去了好几盆——甚至浇到了行人头上。这人不是别人，正是林宏。

他穿着一件白袍，看起来刚下乡归来。城里的人办红白喜事越来越少吹拉弹唱，有的唢呐手往往要去农村拉生意。林宏的白袍看起来干净，却落了几个泥点子，想来是在村口等公交车的时候溅上了一点。因为这几盆水，身上的泥点子显然扩散了，变成灰色的一大片。

但这是林宏自己说的。李挪肯定看不到这些细节。

李挪走到楼下，一脸窘迫想要道歉，林宏却大手一挥说不用了，多买几罐芝麻酱就好了。虽然没多久李挪就知道他这是客套话，但当时她是认真记下了，并问了一个百思不得其解的问题——

"只有海龙王可以娶女婿吗？"

林宏愣了一下："当然很多人都可以啦。"

"那我奶奶能不能娶女婿？"

林宏说："那要看你奶奶长得是不是有福气。"

顺着李挪的手势，林宏看到一个高大的身影。那确实只是个影子，但看起来身形宽大，把老王家门前的院子都挤满了，并且影子末端一直朝着护城河的方向延伸去。

"哪个？我没看到啊。"林宏闷声闷气地说，"你奶奶叫什么？这街上没有人我不认识。"

"马灵芝。"你肯定认得吧。

"不认得。"林宏困惑地说，"我从来不晓得有哪个人叫马灵芝。"

草人仔

林宏说过这句话之后的春节，子女们来看马灵芝的时候，她总是要把他们推出去三遍，是为"推三遍"。

按照老辈人的说法，如果推三遍还不走，证明真的是自家儿女。这是过去天灾人祸时，用于辨识走失子女的密码。

据说，马灵芝多年前走失后，就是靠这个找到了她的“家”。

这样说不准确，因为那并不算马灵芝的家，虽然后来真的成为她的家。

那时候马灵芝还很小，浑身只有一件秋衣套在身上。正值夏天，她汗流浃背跑到城门口。那时候仓平的人还很少，有些这种模样的小女孩来，人们一看就知道是逃过来的。仓平人有个毛病：不打听外来人到此的缘故。因此，虽然内心会树立起一道防线，表面看起来，这仍然是一个包容的地方。这让马灵芝在仓平吃了好一阵的百家饭。

直到有一户人家的主母给她施舍了一碗稀饭，她突然就说什么也不想离开她半步。这件事有点奇怪，之前给她饭吃的人家少说也有七八家，总不至于对一个仅有一面之缘的妇人突然就长了心。这位主母也觉得奇怪，又不好把小女孩家家推走，也不可能任由她跟着自己，站在原地不知道能做什么。

还好一个打麻将的大伯说了句话：“推三遍都不走，还推什么啊，领着吧。”

妇人想了想，似乎多个女儿也没什么不好，反正家里也没有，就把马灵芝领回了家。丈夫也没有过于不乐意，只说了句：“领了就领了。”

妇人问她："你姓啥？"

"马。"

"叫啥？"

"不知道。"

妇人说："就叫灵芝吧，好活。"

"灵芝怎么好活？"丈夫说，"这么洋气不适合她。不如叫冬梅。"

"叫冬梅容易出贱命，还是灵芝好。"妇人说。

于是马灵芝就免去了被叫马冬梅的命运。

只是据说，马灵芝后来曾说自己娘家不姓马。但当时为什么这么说呢，她也不清楚。她的耳朵里曾蔓延过无数个姓氏，但只有这个被她说了出来。那时候户籍是乱的，到处是日占区，能活着都不容易，谁去真的在意一个小女孩叫什么？不过是方便称呼。

一年之后，马灵芝正式成为这家人的童养媳。没错，这户人家就是老王家了。几年后她和王青山正式结婚，有一对夫妇从外地来寻她。但是马灵芝坚决说他们不是自己的父母，她一双手攥在大红门边，几个邻居把那两个人和马灵芝拉开。马灵芝走回屋的时候扭头三次，但那对夫妇居然真的也没再回头。

"看，肯定不是亲生的。"马灵芝后来这么回忆说。

这便是推三遍的来历，说起来也不足为道。仓平有没有这种风俗至今也没人清楚。但马灵芝执行得很好。

偶尔不那么暴躁的时候，马灵芝会用推三遍的方法判断来探望的亲属是不是骗子。每逢有人看她，都要推三遍。渐渐地，看的人就少了。

后来有一阵，遗忘她的人越来越多，除了少数亲属，整个井巷街都没多少人再提起她。

只有一次是例外。

那天，柳扶云刚好从外地回来，还带来了很多稻草人。柳扶云说，这叫草人仔。

草人仔起先躺在几幅麦草画上，后来就被李挪堂妹从画上抠了出来。堂妹抠得满手是血，麦草画上出现了很多大窟窿。抠出来的草人仔有一岁小孩那么大。堂妹玩了几天就把它们丢到了楼下垃圾箱。黄昏的时候，李挪下去买馍馍，还看见马灵芝在垃圾堆前把它们扒出来。李挪想走过去制止她，但马灵芝很快乜斜了她一眼。李挪吓了一跳，连忙收回了视线。

草人仔很快成为马灵芝某种寄托。

据说，她年轻的时候曾失去过一个孩子。当然，也有人说，她失去了三个孩子。那些孩子每一个都曾虎头虎脑，有的死于童年，有的死于青年。但这些人，李挪统统不知道是谁。

王逸也没提起过，李红杨偶尔说起，也是开了话头就不再说下去。

而柳扶云在几个草人仔成为老少新玩物之后的第三个月，表示要和王勇离婚。

这算是老王家自马灵芝得病之后的一件大事。

但这场劝和不劝分的拉锯战，在柳扶云表示要拿走顶楼浴室之后引爆了。

她这样说是有道理的。因为顶楼浴室原则上占用了王勇和王逸两家的地基，不可能由任何一个人独占。何况近两年柳絮污染严重，各家各户的顶楼浴室都要限制开启。王逸也不是没接到通知。

他每天制造大量水蒸气，躲在里面不出来。有时候，在断续流淌的水声中，王逸也能听到楼下传来的各种声音。

有时候是老王家几个女儿的搓麻将声。她们都是高嗓门，一旦有人赖账就集体围攻。但她们每个人偏都赖过账。有时候是小朋友玩死人游戏的声音。其实不算是死人游戏。它有个很有趣的名字，叫木头人。

黄河谣

有相当一段时间，李挪和马灵芝伴着南海禅寺附近传来的佛乐声，玩过“一二三木头人”的游戏。

在南海禅寺长达二十年的建设历程中,佛乐已经成为它存在的证据。就如同林宏的唢呐,它已经逐步成为井巷街的附属品。人们不会刻意提起,但其实每个人心里都知道。

烧香拜佛的人总是喜欢在佛乐声里走进禅寺。当孩子们打闹、大人不得不制止的时候,“老和尚来了”会是一个很好的警戒语。

在孩子们的印象中,老和尚和传说中的“老猴精”大概是一个产物。他们长着同样一双大眼,能吊在眼皮上。他们也长着一对大胸,能撞破小朋友的鼻子。他们也有着长长的指甲,能把井巷街整条穿起来,戴在身上。兴致高起来的时候,还能在火炉上烤熟了吃掉。

那时候王青山的身体已经愈发不便,子女们除了搓麻将和打扫卫生,更不会和马灵芝交谈。她已经成为老王家门口一件毫无存在感的摆设。

为了避免马灵芝走失,李挪把门锁好。在她们的游戏里,马灵芝喜欢藏在衣柜后面。因为行动迟缓,永远都在那几米的间距徘徊。

为了让游戏持续久一点,李挪只能假装找不到马灵芝。任凭她“妈打,妈打”喊着,就是不走上前。而马灵芝也非常听话,依然执着地闭着眼睛。李挪就在这间隙中游走于马灵芝和王青山的房间。

马灵芝继而上下挥舞双臂，李挪仍像是没发觉，去寻找那些她平时察觉不到的细节。比如王青山虽然喜欢买芝麻酱，但其实芝麻酱多半没有被吃掉，反而被倒掉了。他在生活细节上的遗忘程度或许并不比马灵芝这样一个病人要浅。所以他把马灵芝忘记在家门口也不是一件稀奇的事情。

柳扶云和王勇复合之后的那年，"一二三木头人"的游戏在某种程度上缓解了马灵芝的孤独，让她不必在那些空无一人的时刻长久伫立在门外，保持同一个斜眼表情面对着整条井巷街来来往往的人。

这些在李挪看来缓慢的行走，在马灵芝的视线里变得尤为迅疾。

这一点，李挪在马灵芝的卧室里深刻体会到了。

那是一间长方形的、并不朝阳的房间。房间里有缝纫机、收音机，还有一部马灵芝始终不会用的老人机。然后就是一张很大的床。一般只有马灵芝一个人睡。只在特殊的时候，比如她深夜起床照镜子被自己吓到又开始发病、呼喊着"妈打"之外的吊诡字句时，王青山或者远远赶到的李挪三姑会陪着她睡一夜。

但在原本荒芜的老年时代，多数恰好需要陪伴的时候，她的周遭是没有人的。

在玩游戏的时候，李挪就感觉到了这一点——马灵芝已经学会了用自言自语和各种毫无规则的肢体动作给整个无聊时光打满气。当李挪扫视一圈把“定住”的她“找到”时，她往往会被吓一大跳。

马灵芝每每被吓一次，都会瞬间清醒一阵。

清醒的马灵芝仍然不会说话。她只是会变得像个明白人一样，端端正正坐着。有时候也会像真正的老太太看着李挪，而不是用惯常的、斜着眼的表情，嫌弃地看着李挪，就像她冷冷注视着街上每一个人。

仿佛所有的怨气都泼洒了出来，因为患病这个合理的出口，喷射了出去。

有一次，王勇来借钱。先去了李挪楼上的家，王逸又躲在浴室，李红杨则依旧给搓麻将的人做饭。棋牌室的生意虽然差，但是好歹也算有收入，这一切让她黯淡的婚姻生活里有了一点点亮色。想到这些，牌局上男人们的黄段子也不至于让她反感到哪里去了。

当王勇试图理直气壮走进去问王青山借钱时发现他不在，马灵芝则突然用一个他熟悉的表情看着他。这表情很多年都没有过了，也一瞬间让王勇丧失了开口的勇气。虽然那个瞬间他感觉，自己只要说，马灵芝或许会从抽屉里找出王青山的私房钱，它们或许不多，但足以解了他的燃眉之急。

但王勇却不是除了李挪之外唯一看见马灵芝清醒的人。另一撮人是三姑父和三姑，他们和王青山一前一后走着，有时候会并排。

他们已经知道，马灵芝或许活不了太久了。只是没有人知道，她到底在什么时候、以什么方式死去。她八十多岁的高龄无法承受手术，何况各项功能指标比普通老人还要差一些。但这些人，在聊着房子何去何从时，聊着老人仅有积蓄的分配时，完全没发现这一刻的马灵芝是多么清醒。

她也仿佛刻意回避了这一点，依旧像她惯常做的那样站着，靠着门。还会斜着眼看别人，只是目光盯着对面住户新年时贴着的对联。

那是一副紫色对联。和马灵芝整整差了一轮——一个死人的轮回。

这轮回有三年，过了这三年，不会再有人提起。他们当然仍然会扫墓，但扫的是老人，走的却是年轻人的亲戚。血脉不断，亲缘延续，是个场面，但除此也没什么了。就像此刻她站在这里，仿佛把仓平尽收眼底。她清楚明白大儿子仍在和妻子冷战，小儿子则面临妻子出轨却无法离婚的事实。她知道很多事，只是不想列举了。

然而对于李挪而言，在那一刻，她也曾是出神过的。在她的视线里，井巷街呈扁平状向东南方向延伸。整条街的树、麻雀，还有顶楼浴室上空飘荡着的无数柳絮，它们一股脑朝着那个方向，像一张伸展开的、长条形的地图一样，跨了过去。跨过每个仓平人的裤裆，也跨过他们或站直、或佝偻的背影。这像是一场史无前例的告别。而她视线的远方，就是这首始终未能知晓名称的佛乐——它把他们所有人都搅进一场甜梦，不好也不坏。

豫西《二八板》

王青山第一次参观自己的墓地，没有和马灵芝一起去。

他因为腿脚不便坐在轮椅上，由子女开车带到郊区的烈士陵园。穿过一排排不具名的战士墓，便是将要埋葬他和老伴的地方。

这方墓园没有他想象中大，但埋葬两个匣子，也是足够了。

他的视线停留在旁边汉白玉的墓碑上。那大概也是不久前死去的一个老人。上面放着风烛残年、面带微笑的照片。王青山皱了皱眉，侧身严肃地对王逸说：“我和恁妈，一定要放年轻时候哩照片。”

这句话王逸记了很久，但过去年代里的贫穷，在他们的青年时代留下了非常深刻的印记，以至于无论王青山如何说明当年他们家生活富足，马灵芝和他还是呈现出一种颇有时代感的黑瘦。这让王青山觉得自己的记忆出现了错位，仿佛当年只是一种情思，在寄托的过程中被放大了。所以他的记忆开始倾斜，直到成为另外一个真相。可他无法让这个自己，去说服那个自己。

因此，王逸最终准备放在他们二人墓碑上的照片，是一张中年近照。那时候他们胖了很多，满脸堆笑。这张照片经过重新上色，让王青山和马灵芝重新焕发神采。

王青山对这张照片很满意。为此，他特别要求打一桌麻将。那大概是王逸和李红杨的棋牌室里，最安然的一桌麻将。几个子女不再因为谁赢钱谁输钱争执不已。他们史无前例地非常和睦，整个牌局呈现出其乐融融的昌盛景象。

甚至王逸也从顶楼浴室出来，坐在楼下指导王青山出牌。李红杨则继续做着自己的拿手好菜——酥肉面条。

面条的香气从三楼一直飘到二楼，然后飘到一楼。

林宏提着巨大的行李箱路过了这场平常的盛宴。在李挪不知道的空间里，林宏已经即将奔赴光荣的前程。他将登上中原最大的舞台，把红白事上的唢呐声带到电视机里。这场节目不久之后会在王青山屋内的电视里播放，李红杨做家务的时候也会听见，李挪宿舍那个不会打开的电视里也可以看见。

只是每个人都不知道这件事，井巷街上的仓平人也不会记得。

他们只记得——在那个牌局之后的晚上，王青山睡得特别沉，以至于王逸粗重的敲门声他也没有听见。王逸在醉酒后把车开到了旁边吴记鸡肉丸子的摊位上，撞坏了一个压井和一桶刚炸好的丸子，甚至把他们的门檐都撞出了豁儿。第二天还赔了几万块钱。他被发现的时候正四仰八叉躺在自家门口，是早起打扫卫生的清洁工把他喊了起来。

他站起来的时候，几个早起上学的孩子和送孩子上学的保姆吓了一跳。

这个长期待在顶楼浴室的男人，人们已经忘记了他的存在。李红杨则在那个时候打开窗户通风。她知道丈夫一夜未归，只是这似乎未能引起她的警觉，也或许她只是压制得很好。这场她以为的风化案件最终以意外醉酒结案，让她颇有些措手不及的意味。

王勇则从省城赶回来把他位于王逸家旁边的一层小楼彻底卖掉，以至于每年回来的时候只能住在宾馆。但这是非常幸福的，当一个人在故乡找到优越感，他一定是喜欢这种感觉，然后再讨厌这里。只是王勇还未能走完这个阶段。

他只知道那个早晨非常平静。嫂子李红杨和他把王逸拖到楼上卧室的时候，王青山才从睡梦中醒来。说是梦，其实他也没有做梦。只是这几年，他的梦里逐渐空白。有时候他睁着眼都能入睡，而醒来的时候还躺着，多数不愿意坐起来。

他越来越懒惰，头脑趋于迟钝。口齿的沉默让他安然待在自己的那个世界。所以当他颤巍巍站起身准备把马灵芝叫起床的时候，他几乎是不耐烦地吼了一声。

“哎，起来啦。”

可马灵芝没有起来。她看起来非常平静，睡得安详。王青山推了她几下，就放弃了继续推的欲望。他感到既悲哀又如释重负，他走出那间小屋，在客厅的沙发上坐了一下。然后拿起电话通知李红杨："老婆儿不在了。"王青山也记得，那天晚上，他穿过空荡荡的客厅，感到一阵炸裂的寂静，就像是无数张着嘴但发不出声音的人对着他的耳朵做表情。

《二月二，龙抬头》

在李挪的记忆里，这句俗语她年年都听，可惜没有任何一种春节假会休息到二月二。倒是在这天办婚礼的人家很多。可这一天，是马灵芝的祭日。

马灵芝去世那一年，李挪没回来。

前往四川给女儿带孩子的二姑千里迢迢回到了仓平，却因为肚子饿，在街上吃了碗炒拉条，才晃晃悠悠回到了娘家。结果一进门就被李挪大姑得悉，二人先大吵了一架。哭声掺着粗暴的争执，让这场丧礼非常惹人动容。

这个段子整整伴随了马灵芝三年的丧期。

以往为了举家拜祭，这个日子被挪到除夕夜。近处和远处的亲眷都到场，然后从李挪这一辈挨个说段话给马灵芝听。

这个日子让李挪很头疼。作为长孙女的她甚至还要写段话来表达对马灵芝的思念之情，而她竟然很难想起马灵芝一个像样的细节。除了那些我们在长途电话里讨论过的“出走”“妈打”“木头人游戏”。李挪再想不到别的值得一提的。

第一年的拜祭说起来是为那些来不及参加老人丧礼的亲属准备的，让他们补上欠下的份子钱。再找些吹唢呐的人热闹一番，表达思念。

吹唢呐的人不多，其中有些人包着白头巾，有些人没有。还有人穿着红衣服。李挪解释说，这是笑丧，需要穿红衣服。但因为通知不力，呈现出两种队服颜色。

那天，李红杨继续在屋里准备着要给送丧人吃的油膜、酥肉，并端到一楼门口给大家歇脚的塑料大棚里。李挪则站在唢呐队伍里，拿捏着气息想要吹响一支唢呐——当然，她失败了。但她没有放弃。

由于拜祭是流水席，我也走进去吃了小油膜，从口袋里掏出两百块，虽然少，但对于一位陌生奶奶也足够了。而李挪，在第三次试图吹响唢呐时，吐出了一口腥黄的口水。她对我招手说，这是林宏吹过的那支。

这句话让我很惊异，记得李挪说过，他已经走了，而且这号人，其实仓平从来不缺。毕竟这里有两支唢呐队伍，论纯熟度和音色，确实能在整个豫南占据一席之地。李挪一个没吹过唢呐的人，又怎么能辨别出这是谁吹过的呢？

“难不成你还吹过他吹的那支？”

“不是。”李挪严肃地说。有那么一年，我时常想起她那天的那个表情。

“你没注意这首曲子吗？”她抬头，“我明明不会吹，又怎么会吹出明显的音调呢？”

我反应过来。

作为一个只会说普通话的仓平人，我也是听说过林宏用唢呐的妙处。即便是新曲子，只要听上一遍，也能原样吹出来，人们都说他是有奇才的。

李挪站直了身体愣了好大一阵。甚至有人想要夺过那只唢呐，却失败了。

李挪的手紧紧攥着这只唢呐，看起来身体像是一柄剑。她继续吸气、吐气，这样进行了三轮，才又把唢呐拿起。

声音嘹亮，曲调流畅，显得她整个人都气宇轩昂了。

“真神奇。”我感叹道。但李挪没有理我。

她像是脱缰了一样，吹了一首又来一首。其中一首，有人跟我说，叫《二月二，龙抬头》。

这俗语有同名的歌子，多少还是让我觉得诧异。周围的人听到这曲调都有些兴奋。李红杨从厨房走出来，柳扶云甚至也走到了拜祭席。喧闹声简直让人忘记了眼前、心里的所有事，只有耳朵里这点迷惑人的调调。

“真不知道妞还有这本事。”王逸说出这句话的时候，李挪已经吹毕，站在马路牙子上弓着背气喘吁吁了。

“是体力活。”李挪远远冲我说，“我也是太着急了。”

这一招手让我很紧张，生怕被李挪家里人看见。虽说被看见也不是什么大事，但我还没准备好见家长，何况两个仓平人结婚，本身就挺怪异。更不必说我们这个年纪的年轻人，去了外地之后多少还会遇见故乡人，和故乡人结婚呢？

但她一招手，我还是走了过去。

只是我这一走，走得有些久。仿佛是从一条路一下子走到另外一条路上了。也像是从前几年走到了再前几年，再走回来。我步子迈得很大，希望自己能再走一步就够着她。但显然，我没有实现愿望。这条路像是从一个时空一下子跳到了另外一个时空。只是两个时空无缝对接，我仍然能看到自己走在这样一条路上。

我看到井巷街上的学校和超市，以及殡仪馆和餐厅。它们一并出现在眼前。老王家门口的含羞树也掉完了叶子，甚至门口这条柏油路也变成了水泥路。有人骑着自行车从我身旁碾过。也有人像是知道了什么似的，示意我别再向前走了。

我遵照众人的意见想要停下来，可双腿已经像是两柄执拗又易碎的瓷片——正在煅烧中的瓷片。而我脚底有火，一路载着上半身和下半身，不知道要飘向哪里。

这中间我还经过了李挪上过学的几个地方。有仓平一小，仓平一中。还有第一人民医院。总之，这座单调的县城什么都有个一。

它们有的挂着大大的招牌，有的已经关门大吉，甚至墙头粗暴地标着几个巨大的“拆”字。经过那么远的一条路，它们还能找到彼此。而李挪的唢呐声则再次响起。

这一次她出现在不远处的施工现场。那是财政局家属院的施工现场，掂泥包的民工颤巍巍循着绳索爬到高处，每个人都因为紫外线的缘故皱着眉头。

只是泥包从高处滑落，在楼下的地面上绽开了花。灰色水泥显出一种肮脏的洁净感。也有的工人和泥包一样不慎直接掉了下来。可是他们还算幸运，毕竟这楼层也不高。

也可能是冰雹袭来的缘故，王逸在回到顶楼浴室的时候发觉浴室屋顶已经被砸出了很多大洞。可即便如此，他也不想和李红杨再待在一个房间。但他们仍旧不会离婚。伴随马灵芝的祭日，他们没有人再谈论自己。

而李挪，则掂着那支唢呐，走到了马灵芝的牌位前。

她实在想不好台词，只好念了很多俗语。反正伴着外面能把全城掀翻的唢呐声，没有人真的在意她说的是什么。这些俗语里其中有一句是这么说的——

“初三初四鹅毛月，十五十六月儿圆。”

而最后，李挪念叨了马灵芝自己的那个俗语。那是一对井巷街人曾记忆深刻的、已经在逐渐忘记的音节。

“妈打。”

犹豫的时候更接近道德

好端端的九月，秋高气爽，到处是可以去的地方。不管是爬山，还是逛公园，又或者喝个白天酒。只要愿意，她能让自己的身影扎进任何地方。可眼下，什么有意思的事都做不成了。她憋着口气，放弃聚会，买上高铁票，装上简单行李，整理好房间，卷起被子，关上窗，终于阴沉沉地奔赴车站了。一路上手机在包里跳来跳去，她脚底生风，仿佛下一秒就到那里，再下一秒就回来似的。

“你看怎么办？”李红杨在电话里带着哭腔。

“我下午回家，马上进站了。”

“这么快？”她哭起来，“会不会耽误你上班？”

“那怎么办？”

下午两点，排队取票的人摩肩接踵，失序的队伍像散乱的石头，密匝匝印在取票厅前开阔的广场上。小报亭离进站口只几十米远。一列印着“幸福家庭”“幸福爱人”字样的杂志在售卖。一个女人下巴削得尖尖的，穿着彩色蓬蓬裙，长腿快伸出封面。两个男小孩，小小孩脏兮兮，左手捏着个舔了一半的绿色棒棒糖，大小孩干净许多，剃了个西瓜太郎头。大的牵小的，也是皱着眉。有人坐在行李上吃泡面，“呼哧呼哧”，热出一头汗。她冲到对面买了三个已经发冷的苋菜包子和一碗微温的咸豆腐脑。快吃完的时候,队伍终于有些松。

电话又跳起来,震动声贴着后背,身上麻酥酥,仿佛有一片皮屑等待往下掉。眼前浮现出暴雨侵蚀的墙壁,白灰也是这样一片片在上面迎风抖动。全城刚下过雨,小区南边的青苔占据了整条墙根——只是一夜间的事。

几粒沙子荡在风里,瞬间消失了踪影。天仍是蓝的,翻山越岭几小时,沿途都是隧道,耳鸣在里面,风堵在外面。整车厢人头像一盒鲜肉月饼。她看不见馅儿,只觉黑漆漆,再睁眼的时候,竟已经到了。

卖茶叶蛋的大妈和卖焖面的大伯一脸焦急地望着这群涌出来的脑袋,挤扁又松开。她弓着背,慢吞吞,像一只爬行的海豹。太阳将落未落,几束影子打进来,有人长如麻虾的身躯佝偻着,一双腿在出站大厅晃来晃去。她拔下左手食指上的几根倒刺,殷红的血渗出来。

“须旦!”

“爸。”

“回来也不说一声,还是你妈告诉我的。”

“本来想一个人回去。”

“这荒郊野地,车都难打,还不要人接?”

“我妈呢?”她看向窗外。

“她晕车,就不来了。”

"你咋想的？"

"什么咋想的，你听你妈说。"

"那人去家里闹了？"她盯着后视镜。

"是你妈去找人家。"齐彭皱起眉，半侧过脸瞅了她一眼。

"你妈脾气不好，你也知道。我真是受不了了。"

她不说话。

"你妈啊，最会装了。"

视线直穿过去，是平原上两排灰色的矮楼。它们闭着眼侧立两边，暗淡的路灯和沾满尘土的柏树跟在身后。

"我们吃什么？"她终于说。

"你妈在准备饭。"

手机又震动了。她低下头，是冯雷的短信——"我跟那个女的真没关系，你才是我女朋友。"

"别让她准备了。"她抬头说，"去吃张记羊肉面。"

李红杨这一觉睡得长而浑浊。天灵盖抵向天花板，楼上传来磕磕绊绊的声响，把她的头敲得生疼。齐彭去接须旦，按理早该回家了，可楼下还没动静。她出了一身汗，整个人虚虚的。她没有穿衣服，用一角毯子遮住半截肚皮，剩下半截鼓鼓囊囊，似条被拦腰斩断的饭袋。乳房如两颗白麻团，仿佛面再松点，就能从身上砸下去。

她晃悠悠爬起来，身体像注了水的影子，荡到厨房。高压锅的鸣笛声响起来，一锅清亮亮的排骨，加了十香。她盛出一大碗搁外面冷着，重新盖上锅盖。肉捞出来干煎，大火换小火，小火转大火。来回几遍，方才出锅。本该清炒个空心菜，可齐彭和须旦还没回来，她只好把菜洗好，摆在案板上。

往常这个时段，她会给齐彭打电话。小小一座城，能去的地方就那么一点。她总能用各种途径找到他。很多年前是练歌房，后来是麻将馆，偶尔，他还会去水库边钓鱼。几包烟，坐一下午，就晒得黑黑的。大斗笠也载不下他四四方方油汗津津的脸。有一次他出差，她去街上买豆腐。那天豆腐有些老，就临时买了豆芽，水汪汪塞在保鲜盒里。接着又买了梅豆角和芫荽。菜场那头是鱼市，鱼市后面是一条卖服装的巷子。巷子曲曲绕绕，开店的多是女人，站在外面袖着手，眉毛画得又黑又细，撩起来。

李红杨就挑鱼，挑了草鱼挑黑鱼，最后还是买了三条小鲫鱼。鱼钩钩住，白色塑料袋装着，鱼尾不时扑腾一下。付钱的时候，扭头看见对面巷子里她常光顾的那家服装店的老板娘。

“我看见你男人了。”她眨巴着眼睛，“又在我们隔壁店门口，站了好久。”

李红杨心里惴惴的，第二天也惴惴的。第三天，她去那家店里逛了逛，看见那女人，下巴长长的，人很高，精瘦。骨头贴着肉，看起来不好惹。她盯着她，女人也盯着她。某一瞬间，李红杨觉得她什么都知道，至少比她知道得多。这让她心里发抖。

客厅吊灯是暗的，外面路灯也是暗的。一路这么暗下去，很快就到了菜市场。双腿上了发条，一抬脚，就又到了那地方。店门关着，一张纸贴得严严实实，上书“老板待产，本月歇业”。她读了一遍，又读了一遍。九点多了，小城的服装店陆续关上门。这会儿，更像约好一样，从东头一溜烟关到西头。她深一脚浅一脚往大街走去。僻静路上她是个胖影子，身体提着肚子，脚跟支着腿。没有星星，月亮悬在头顶，她瞅着它一路往前。

“喝起来了。”电话响起来，是李红丽。

“什么喝起来？”

“须旦和姐夫。”

“在哪？”

“你别过来，他们马上回去。”

李红杨张张嘴，目光闪闪烁烁，仿佛就看见齐彭了，晃动着他头上那顶黑帽子，袖着手站在外面。不过他站不站，这条街的人是知道了，他们家门前的人是知道了。锅碗瓢盆，鸡毛蒜皮，丁零当啷，所有的细节一排列，每个人就都明白了。

全城一片黑，李红杨看见两个人一前一后用手机照着路，屏幕光从下巴往上打，显出阴森之意。两个人挨着，全都背微驼不说话，像一个魂跳到另一个魂上，分不清谁是空壳子，谁又是满的，在夜深人静的街上荡悠悠。李红杨也只是再多看一眼，就冲着其中一个喊了声——

“须旦。”

须旦电话打过来的时候，李红丽还在路上。

“到张记羊肉馆，快。”

说完，她把手机屏幕向下拍在桌子上，又开了一瓶酒，“咕咚咚”倒进胃里。

齐彭第一次见女儿喝酒，还这么猛烈，不禁有些愕然。目光一路从桌角到整个店面，再看了看外面逐渐暗下去的天。他那辆借来的白色轿车在不远处的杨树下显得凄清寥落，他想出去一下，可须旦用眼神把他堵在门口，他只好再进来。

“酒量不错啊。”他讪笑着，“你小孩不要管我们的事，好好上你的班。”

“让我来的不是我，是你做的这些事……”

他们的声音一高一矮，从一头滑向另一头，直把整张桌子染得虎虎生威。可话说完的一瞬，须旦就泄气了。心像盛着一把脂肪，一粒一粒往外撒。八瓶酒都喝完了，厕所跑了一趟又一趟，齐彭还是沉默地看着她。

最后几个食客已经走出去，小饭馆摆出打烊的姿态，椅子搬上桌，老板娘旁若无人地清理起桌子上的垃圾。须旦的面已经凉了，酒却仍在喝，她盯着外面，寻觅一个放置视线的位置。外面一片黑，只路灯和店里的灯闪出一片新的空间供她扫视，从这条大路，一直延伸向高速路口。她盯着那里，渐渐像盯着一片新的陆地，它原本在很远的地方，此刻逐渐追上她。她张张嘴想喊一声，却没有喊出来。直到李红丽摇摇摆摆的大影子遮住了半扇门，像盏灯。

“别喝了。”她说。

“不喝干啥啊？”

“我们要关门了，你们还要多久？”

“我们马上走。”齐彭说。

“走哪？”须旦道，“你走吧。”

“大哥，不是我说，”李红丽上场，“你们俩这不是让孩子遭罪吗？须旦正是事业上升期，这回来一大趟的，得耽误多少事。”

“都是你姐！”

“大哥，这说得就不对了。出去找人的是你……你把房子给她，吃亏的是你……”

“我什么时候说把房子给她了？”

“好，不给她，那给我啊！”须旦道。

“不早晚是你的。”

“早晚是我的，那就去公证啊。”

“公证现在不当事，得过户。”李红丽道。

“呵呵，他连公证都不愿意，别说过户了。”

“过户得交几万，这不是瞎扔钱吗？”

“你给别人扔的钱可不止几万。”

齐彭不说话，嘴巴抿着，看起来用了力，所以紧紧关着。须旦在他一米之外的地方，一只手托着下巴，另一只手则摁在桌子上，半面身体要倒下去，齐彭侧身把她托回。

“回家好吧，回家。”

“房子给我。”

齐彭不说话。

“你这么怕，是因为孩子吗？”

须旦握住一只酒瓶，似要砸在自己脑袋上，两只眼像烧焦的炭火，随时能把齐彭点燃。

他垂下头，整张脸像绵软无力的面条，眼睛眉毛沿着鼻梁一路到底，化为地上的几滴汤汁。

“回家吧。”他额头挨上桌角，肩膀像等待好了似的，从左边颤动到右边。

齐彭看着李红丽一路把车开进孙方的巷子。他这会儿没低头，也没仰头，而是僵硬地平视前方。

他今天醒得早，起来的时候李红杨还睡着。不过，她睡与不睡，他也是不知道的。须旦不在家的日子，他们早已分房睡了。只是李红杨半夜总要来他房里逛逛，看他是不是在，是不是还醒着。如果他醒着，李红杨会陪着他一直到睡着。

“你不能离开我的视线。”

李红杨第一次这么说的时候，他感到震惊，说多了，他就觉得陌生。在他近乎迟钝的二十六年婚姻生活中，如果不是这件事，他或许真的一直把李红杨看成另外一个人——和善、宽厚，从不急眼。

他至今不知道她怎么知道孙方的。不过在这小城市，想打听清楚一件事，真的不难。孙方卖了几十年衣服，每个人都知道桐梓巷里有个厉害女人，能打能骂，看她衣服超过三眼还不买绝对没好果子吃。那天他也只是试穿了那条裤子，孙方就黏上他了。

先是办公室，再是居委会，甚至有一次，孙方到他惯常去的那家理发店。她眉毛画得黑黑细细，眼妆也打得重，让他很是反感。可她就那么坐着，手里拎着那条裤子，一条黑丝袜包裹下的长腿跷着，膝盖和脚尖轻轻晃动，让他心里七上八下的。

“这女的跟你什么关系啊？”理发师装作不经意地问他的熟客。

“一碰瓷儿的，别理她。”他嘴上这么说，心里还是有些紧张。

裤子只有两百块钱，就算真给了也没什么，可他不明白店里还有不少生意，孙方怎么就盯着这一单了呢。

车里没亮灯，外面路灯偶尔闪进来几束，让他得以看清脚上的耐克运动鞋。他想起来，那天那条裤子他不是不满意，就是和脚上这双鞋不搭。这么一想，他干笑出了声，须旦看了他一眼，他再次平视前方。

李红丽已经驶出巷子，齐彭靠在车窗上，须旦还是僵硬地坐着。三个人不说话，像有滞重的空气在他们周围徘徊，给他们每个人画了一块方格。又或者，直接粗暴地把他们丢进罐头瓶里，而他们就看着自己在马路上滚来滚去，漫无目的，没有终点。

他们克制地把身体摁在不会挨到对方的位置，而他们身体的缝隙，则不受控制地跟着这辆车摇摇摆摆，以期每一场颠簸都能让他们背弃先前的期望。

“过了年，你就二十五了，有对象，可以带来给我们看看。”齐彭说道。

“现在是讨论这个的时候吗？”

“须旦你少说两句，你爸不会不把房子给你，今天你们就好好休息……”

“小姨，你把我们放到前面那个路口，我们走回去。”

“你也累了半晚上了，赶快回去吧，车停在老位置就行。”齐彭说。

“你们的钱，还存在我们公司，你看是继续存，还是拿走？”

“我回去问问你姐的意思。”

“要我说，还是继续存吧。反正你们的钱早晚是给须旦的，现在搁在一起存，也不是什么坏事。”

“原来你们之前的钱一直分开放啊。”

“哪有分开，这不是这两年……”

“原来你和那人已经两年了。”

齐彭不再说话，只是看着红绿灯闪来闪去。

须旦恍惚看见母亲在夜色中闯进来了。

晚上雾气很重，路灯时暗时亮。他们都有些累，三个疲惫的影子在夜色中来回交错、碰撞，像是心怀不轨的秘密约会。

“今天须旦喝了不少，都见不到底儿啊。”齐彭拍了一下须旦道。

“要不是喝那么多，咱爷俩能说这么多话。”

“啥爷俩爷俩，跟谁学的。”李红杨说。

“不是都说我爸喜欢男孩吗？”

“瞎胡说，你当时出生的时候，我高兴了一晚上，不信问你妈。”

“我妈现在可不想说吧。”须旦转脸看着李红杨，她低着头，和他们俩并排走着，不说话。

须旦故意往前跳了几步，仿佛喝开心后看哪都是草原。她站在街边台阶上，豪气地指着前方一座若隐若现的建筑：“五岁的时候，我们在那里照过相。”

齐彭茫然地看过去，除了知道那是一座曾收容犹太难民的教堂遗址，什么都想不起来，不过他还是抿了抿嘴，“嗯”了一声。李红杨则故意缓走几步，把父女俩抛向前方。

“别‘嗯’了，你肯定不记得。”

“怎么不记得……那年我们刚盖完房子，正好也赶上跟你妈结婚纪念日……”

“不是盖完房子，是包工头来家里要债……”

“对对……那天我在单位加班没回来……还让你跟你妈说声。”

“结果我忘了说……”

“你妈把我骂了一顿。”

“你半夜从单位里赶回来，我还对我妈说，我爸不可能有外遇，是有事才在单位。”

“那天烦死了，包工头、你妈、你，还有我，一边说还钱，一边是你妈在跟我怄气。”齐彭道，“最后是你大姑给咱三万块钱，才把这个空填上……”

“……第二天就把你们结婚纪念日的照片补拍了。其实那时候，我觉得自己挺多余的。”

“你哪里多余？”

“别走那么快啊。”须旦道，“那边，俱乐部刚开的时候你老在那里打麻将，有一次，是我上完夜自习把你送回去的，还记得吗？”

“……我干了两斤白的，你林叔把我送车上……”

“司机开错路，最后直接把你们撂俱乐部门口……”

“不过我怎么记得是你妈把我带回家的啊……”

“哈！是我妈……你还记得啊……不错不错。”须旦亢奋起来，嘴角向上扬起，看起来憨厚朴实却又盛气凌人。

他低着头，不看她，而是看向李红杨，可她在几米之外，模糊不清。

几个以前买的公仔被母亲放在茶几上，几束她寄来的永生花显眼地摆在进门处的桌子上。尽管一年多没回家了，客厅的摆设还和之前一样。

“这就进卧室，不聊聊？”须旦坐下，“妈，你睡我那屋吧，我爸估计也不想看见你，你们就别在我面前装了。”

“这张照片还记得吗？”她坐下来，把长发拎到后背，只几根乱发在前额飘荡，左手擎着照片上四个面目模糊的人。

一九九七年他去北京公干，买不起什么像样的礼物，只好带回来一只全聚德烤鸭和半打长筒袜，她因而成为全班第一位穿长筒袜的小朋友。这照片，就是李红杨带着须旦去接他那天在照相馆拍的，拍的时候她总乱动，最后因为她，全家拗了很久造型才算照上。

“那次你给我买的长筒袜都是白色的，我配我妈买的亚麻凉鞋穿。当时觉得班里再没有比我更洋气的同学了。”须旦说，“你还买了灰色亚麻布裙子，我一直穿到小学毕业，最后一次穿是初 [illegible]，因为太紧，我哭了好久，那是我的第一条裙子，当时最喜欢的一条。”

“那时候摔个杯子你都要哭,傻孩子……”

“……后来你再没给我买过裙子。高中你带我去上海考试,我看上一条裙子,你还呵斥我……”

“那是怕你青春期染上虚荣的毛病……”

“那次考试我没考好,回来你还罚我跪着。我说自己长大了,不能再罚跪,你就让我去外面待着……”

“结果你还真跑出去,我和你妈找到晚上才在网吧把你找回来。”齐彭抬头,“当时就想,你这么倔,长大了可怎么办……”

“是啊我这么倔,你怎么就摇摆不定呢?”

“……今天先睡觉好不好,咱们明天再说。”

“明天晚了。”须旦目光炯炯,“说吧,那孩子几岁了?”

“一岁?两岁?总不能是三岁?”她跷着脚,坐在他对面的椅子上,饶有兴味地看着他。

齐彭低着头。

“那就是快生了?”须旦嚼起一片口香糖,浓烈的薄荷味一阵阵袭来。

“……这张呢,这张!”她把照片递到齐彭面前。

是一张风景照,那时候须旦三岁,脸晒得黑黑的,还剪了短发,看起来就是个假小子。

“都说我小时候不爱吃饭,得了厌食症,怎么治都治不好,每次吃饭都要跑来跑去,害得你和我妈总是不能按点吃饭。”

须旦道，“……后来听说是老中医开了燕子屎给我妈天天喝，我妈又喂我奶，才算治好。我妈真不容易，那时候，你刚去外面挂职锻炼吧？”

“小时候你总说我让人操心，那我……我现在还让人操心吗？”须旦突然问道。

“……操啥心，你爹我没挣上大钱供你留学，你本科一出来就在外面自己打拼，这两三年，没事还往家里拿钱，就算我们不需要，你还是拿……拿……”齐彭低下头，眼眶一酸，埋下头去。

“这个还记得吗？我们一家去周庄旅游。我妈非要看街边郎中，那人看准我妈没脑子，非要推销给她那瓶五百多的草药，当时气死我了。还好你很快回来帮我们解了围。当时我就觉得，我爸最好了，我爸真好。你那时候总是穿名牌，看起来像个老板，我同学们都这么说。你不知道，我那时候觉得你多么了不起……”

“这个是华山照的。那天我爬不上去，你和我妈就轮流驮着我，有一截路很惊险，差点就踩掉块石头整个人栽下去……要不是你拖着我，我真害怕那次我就掉下去了……”

“我那天是不敢松开啊，你赌气非要爬……”

“原来你记得啊。”须旦一屁股坐下来，“都记得你干吗都不想要了呢？”

说着，她泪往外涌。

“你咋了啊，别哭了。”

“那你说你咋不想要！”

“我啥时候说不要……”齐彭也哭出来。

“那个女人……”

“是我对不起你……”齐彭把头往桌子上磕了一下。

“你之前不是说我大了吗……我大了不代表我就能接受。”须旦擦了一把泪。

“我跟我妈一辈子都会爱你、敬你，可那个女人呢？”须旦站起来，“你为啥就是看不清楚，要不是你现在还有点职务，有点小钱，那女的会跟你？她有多少个男人，所有人都知道！你怎么就知道这孩子一定是你的？就你傻！”

“爸你图她啥？年轻也不年轻了，还是个卖衣服的，没点积蓄，三天两头开不下去需要借钱，你都五十的人了，难道以后还要给她养孩子，给她劳心劳力。”须旦道，“咱家里现在啥都有了，我的工作也不错，涨了年薪，你跟我妈也不说别的，在咱们小地方工作也不错，你明明该享清福的年纪，非要为别人养孩子。”

“退一万步说，那孩子就算是你的，跟着她那样一个妈，能好吗……你放着现成的啥都有的家去那边那个家，你这是给自己找罪受？”须旦道，“这话是我当闺女的才会这么说，我不能看你年过半百还走岔路！”

“有些话我一直不想说，可我真的忍受不了双重打击。”

须旦坐下来，“你还记得我以前一直想去的那家单位吗？你知道我为啥想去吗？因为那样就能和冯雷在一个地方。”

“冯雷？就是前两年你妈说跟你谈朋友的那小子？”齐彭定了定神。

“是啊，就是他，我真的想跟他结婚的。”

“……你傻妞啊，咋现在才说。”

“这怎么说啊，说了是丢我人还是气你们？他在外面又找个女朋友，还搁我面前不承认。所以我知道你跟那女的事儿的时候都疯了，我这么信任的两个人，同时搞出来这种事，你让我怎么接受啊！”她手砸着床沿，眼泪流出来。

“须旦咋了？”李红杨从邻屋蹿进来，“齐彭，我跟你没完！”

“妈，你别管！”须旦把她推出去。

“如果你俩真是感情不和就罢了，可那个女的，谁都知道她肯定打房子的主意，你就算让你闺女我安个心行不行，行不行？”

“这房子全都是你的，我跟你妈攒下的钱也是你的，谁都拿不走啊须旦。”齐彭提高了音调，声却一路软下去。眼泪溢在外面，擦也不是，不擦也不是。

“那你过户啊！”须旦道，“我专门请假就是来要个安心，你要想让我好好工作，就过户！”

“你把房子给我，我会把你撵出去？”须旦道，“我知道你觉得房子给我就是给了我妈，可我跟我妈是不一样的人，你不相信你闺女吗？我养你后半辈子！”

须旦重新拿起相册，先是几大张泛黄的旧照片飘下来，接着是一张张小照片，它们像头皮屑一样盖在齐彭的头顶、肩膀、大腿和脚边。然后，是整个相册砸下来，砸在他身上，落在地板上。

“你还是不想要啊不想要……你想要她，就是不要我跟我妈……”须旦继续说。

“我错了啊。我错了啊……要是真能回去，我宁愿那天没去那家店买衣服，宁愿不认识姓孙的，宁愿年轻时候不生你，也不想看着你因为我们难过啊！”齐彭的头埋在双手间，终于大哭了起来。

一路从地板到床沿，坐着，趴着，又坐着，然后躺着。须旦站在一边，任凭自己的热泪凉掉。她打开门，看见李红杨在客厅坐着，正在接水，准备递给齐彭。

“放那儿吧。”须旦擦擦脸，“你去我屋，今天我陪我爸，我们好久没见了。”

醒来的时候，李红杨先看见吊灯一闪一闪，灰白色的天从窗帘缝隙探进来。须旦一只手搭在枕头边——她黑眼圈严重，临近中午才磨磨蹭蹭起床。

一家三口都对昨天的事闭口不谈，该吃吃该喝喝。李红杨把昨天烧的一锅汤重新炖了一遍，味道更鲜美了。她没有炒空心菜，而是炒了玉米菠菜，还摊了小油馍，擀进去盐和香葱，在平底锅上慢慢烙。

须旦在一旁帮忙，齐彭在卧室不知睡着还是醒着，反正没起床，整个人像一条存在感极强的空气，在她们周围飘来飘去。

“最近尧山倒是可以去啊。”李红杨坐下说。

“好啊，不过那也算山啊，就是个小土包。”

“最近修了广场，可漂亮了。”

须旦不说话，继续吃着菠菜。她一向不喜欢吃菠菜，今天却吃了很多。

小城的一天已经开始很久了，大街上传来的各种声音在她们耳朵里铺成一条路。须旦最先听到一场谩骂，接着是一声叫卖，从街头一直滚到街中央。

“我们去吧。”须旦对齐彭说。

“好啊。”

“顺便逛逛庆福街。”

“下午单位没事？”李红杨问道。

“可以跑，反正又不是没跑过。”齐彭刷好牙对着客厅说，“今天本来就不该上班，加班是额外的，不去也没什么。”

李红杨听着，看了一眼时间——距离民政局关门还有五个半小时。她脑子里连珠炮似的回放着孙方的话。

“……要我说你就退位让贤，我逢年过节还说你一声好。”孙方当时边说边剔牙，仿佛要把整面牙龈抠弄得血肉模糊才肯罢休。

“你算什么东西？”李红杨道，“齐彭跟你玩玩可以，结婚？你真以为他傻？”

“他当然不傻，当然知道谁好。我这孩子流着他的血，他不管谁管？”

“别以为有个孩子了不起。你以为你这一闹对他没影响？齐彭现在没恼你那是还早。我奉劝你，趁早收手，不然逢年过节他都不想看见你。”

“呵，我不跟你吵，反正齐彭的录音你听见了。就算他食言，这孩子也在这儿，房子不给也可以，折现啊。六十万，一分也别想少！”

李红杨走到厨房，看着锅里的汤，它越来越白，而她感觉眼前一片黑。直到扶着厨桌好大一会儿，她才重新站起来。像是一觉醒来的恍惚，又或者是梦醒之后淤积的哀伤。她终于把头磕向桌子一角，渗出来的微微血迹衬托得她的哭声颤颤巍巍，像从半山腰滑到山脚，再也起不来的一摊水。

齐彭开着自动刮胡刀，“刺啦刺啦”的声音很快把李红杨隔绝在另一个世界。直到她重新走出来，他才又忙碌起来，谈论股票和最近单位里的选举。须旦则始终在一旁盯着剩下的半碗汤，看着那点热气渐渐压进碗里。

“要去赶快去吧，我怕晚了售票处关门。”她说。

“尧山以前是不对本地人收门票的，现在这么搞，也是上面人想钱想疯了。”齐彭接腔。

“哪都想钱，可不是嘛……”李红杨幽幽地说。

齐彭和须旦不再说话。沉默像一根绳索，把他们三人连在一起。

“街上垃圾这么多，怎么就没人清理啊。”

“不是说最近都在种树吗？还说一棵树补贴三十块。”须旦说。

“你还关注这个？”

“这不横幅上写的吗？‘努力建立中原绿化城’。”

“都是口号，算不得数。”齐彭道。

“说了就是本事，什么不是口号？”

“这样开是不是不对，我记得是往西的。”须旦打断他们。

说着，她摇开车窗问一个行人，一口亮堂堂的普通话把行人问住了，半晌才指了一个方向，让他们拐弯的时候注意数红绿灯。

“到第三个红绿灯往东，就是了。”

“谢谢您。”

“这年头还真有外地人专门来尧山啊。”

直开到第三个红绿灯路口，齐彭意识到再往外开就真的出城了。他恍然意识到新开发的尧山观光公园其实在城外。

这让他感到一阵无边的失落，仿佛他们绕着边界走了那么久，到头来还要选个方向。

“三点了。”李红杨喃喃自语。

齐彭不说话。须旦看了他一眼，就收走了目光。昨晚她揽着齐彭安慰他，就像多年前他失业的那个晚上，小女儿抱着他的后背说爸爸别哭了。齐彭被她拍了好一阵才转过身，抓着女儿的手道：“你是我的命啊。”

须旦看见他亲了一下自己的手，接着亲了下胳膊。放下之后，他看见须旦穿着居家服，一对胸脯随时都能从松软的睡衣中探出脑袋。须旦在黑暗中看着他的目光，就像多年前她发现他眼皮塌陷的那个晚上。

“须旦，去你妈那屋睡好不好？”

“好。”

“……还有，你……跟那孩子在外面住过吗？”

他们在红绿灯面前停下，一车人屏气凝神。齐彭盯着前方，李红杨一如既往地看着窗外。他们中有人的手机响了，须旦看了一眼，是李红丽，不过没有人想到要接她的电话。李红杨靠着车窗，白日下的人们看起来是那么正常、欢快。她想到很多年前她也是这样，或许现在也应该这样。她坐直，张张嘴，却又如鲠在喉，半晌才突然说：“我们……”

“不离了。”

“什么？”

“我说不离婚，咱们接着过。”齐彭说。

“……好，好的。”李红杨低下头。

像是一块大石头轰然落地，却并没有从胸中消失。须旦闭上眼，靠向另一边车窗，手机里那条一直没发出的短信，终于按了出去。

图书在版编目（CIP）数据

马灵芝的前世今生 / 王苏辛著. —南京：译林出版社，2023.9
（现场文丛 / 何平主编）
ISBN 978-7-5447-9738-2

Ⅰ.①马… Ⅱ.①王… Ⅲ.①中篇小说－小说集－中国－当代 ②短篇小说－小说集－中国－当代 Ⅳ.①I247.7

中国国家版本馆CIP数据核字（2023）第084395号

马灵芝的前世今生 王苏辛 / 著

丛书主编 何 平
责任编辑 侯擎昊
装帧设计 侯海屏
校 对 孙玉兰 王 敏
责任印制 闻媛媛

出版发行 译林出版社
地 址 南京市湖南路1号A楼
邮 箱 yilin@yilin.com
网 址 www.yilin.com
市场热线 025-86633278
排 版 南京展望文化发展有限公司
印 刷 江苏凤凰通达印刷有限公司
开 本 850毫米×1168毫米 1/32
印 张 8
插 页 2
版 次 2023年9月第1版
印 次 2023年9月第1次印刷
书 号 ISBN 978-7-5447-9738-2
定 价 59.00元